COBALT-SERIES

ミスティーレッド

はざまの街と恋する予言者

青木祐子

集英社

ミスティーレッド
はざまの街と恋する予言者

Contents

登場人物紹介

リリーベル
レッドの家庭教師。孤独なレッドに同情し、レッドとともに家出中。

レッド（ヨアキム・フェルディナンド）
ヴェルヘル王国の第一王子。予言の力を持つ。赤い髪と瞳を持つ美少年。

アレックス
英国風パブを経営しているイギリス人。暴漢からリリーベルとレッドを助ける。

マリー
アーブル有数の名士の娘。テオドールの妹。
テオドール
パリの第三共和政議会の議員。野心家。マリーの兄。
エレーナ
ベルギー王妃の姪。高貴で可憐な少女。

イラスト／鐘乃悠可

ミスティーレッド
はざまの街と恋する予言者

プロローグ　～泣いている少女となぐさめる少年～

夜だった。

エレーナがいるのは、宮殿の豪華な客室。

この国の未来の王妃《おうひ》になるかもしれない姫にふさわしい、少女らしく整えられた部屋だ。

開け放たれた窓には白いカーテンがたなびいている。ぽっかりと切り取ったような、冷たい月明かりが入ってきていた。

月明かりは、部屋の中央にある天蓋《てんがい》つきのベッドを照らしている。

ベッドの上にあるのは、散らばったカード。

そして、ベッドに顔をうずめ、しくしくと泣いているエレーナの長い、月色の髪だ。

「なんで泣いているの?」

と、声がして、エレーナは顔をあげた。

声は、暗闇から聞こえていた。

月が、声に合わせるようにして、隠れた。

男——少年の声だ。

叔父《おじ》の使用人なのか、自分から訪問を望んだくせに、勝手に部屋に閉じこもってしまったエレーナに、業《ごう》を煮やして迎えにきたこの宮殿の誰かなのか（むしろエレーナはそれを望んでいたのだが！）、わからない。

だが、気にならなかった。彼が誰なのか、などと考える余裕《よゆう》もなかった。

誰だかわからないほうが、いっそいい、と思った。

「こんな国に来るんじゃなかった。ヴェルヘル王国に来れば、しあわせになれると思ったのに。誰もが信用できなくて、ただ辛《つら》い目に遭《あ》っただけ」

エレーナは少年に向かって、絞《しぼ》り出すように、この国の名前を出した。

ほんの数時間前までは、大好きな——懐かしいとさえ思った名前を！

「叔父さんが、嘘をついたんだね？」

エレーナは、はっとした。

「ええ、そうなの。あなたには、わかるのね？」

エレーナは、尋ねた。

自分がけして口に出せないこと、誰にも言えないことを、この少年は知っている。

そのことを、ごく自然に受け入れることができた。

エレーナはずっと考え続けていたのだ。大叔父の嘘と、自分がついに手にいれることのできなかった、大切なもののことについて。

考えて、わからなくなって、誰かの助けがほしいと思ったそのときに、少年があらわれた。

「わかるよ。きみには、欲しいものがあるんだろう」

「もう、ないわ。何もない」

エレーナは、答えた。

少年は、まだ暗闇の中に立っている。エレーナに近づくことはなく、ただじっと、エレーナを見つめている。エレーナの涙が止まるのを待ってでもいるかのように。

「だったら、ぼくが」

エレーナはほんの少し、落ちついてきていた。涙を止めて、どうしてあなたはここにいるのか——と尋ねようと思った寸前に、彼は思い切ったように、口を開いた。

「ぼくが、きみに、あげるよ」

風が吹いた。

月明かりがゆっくりと、少年の体を照らし出す。

「いつ？」

エレーナは少年を見つめたまま、尋ねた。

「来年のいま、葡萄月《ぶどうづき》——」

少年だった。思っていたよりも幼い。エレーナよりも年下——十二歳か、十三歳とか、そのあたりではないか、と思えた。

顔は見えなかった。ただ、獣のような目が光った。赤い瞳。

少年は自らの姿を恥じるかのように、音をさせずにあとずさった。

「――あなたは、誰?」

エレーナは、つぶやいた。

答えはない。

エレーナがひとつ、まばたきをする間に、少年は消えてしまっていたのである。

かわりに、それまで少年がいた場所に、赤いものが見えた。

薔薇《ばら》だ。

窓枠《まどわく》の形に切り取られた月光の四辺の、ちょうど中央にある。

大輪《たいりん》の、満開になる寸前の――どこか、不吉に見えさえするような、美しい薔薇。

薔薇のかたわらには、ベッドからこぼれ落ちた一枚のカードが、斜めに落ちている。

はじまりのカード――『奇術師』だ。

エレーナは、涙のしずくが残るまつげをまばたかせ、可憐《かれん》な瞳で、じゅうたんの上に転がる
赤い薔薇と、運命のカードを見つめていた。

Ⅰ　セント・ヴァレリー通り　206番地

「——最初の絵は、薔薇《ばら》だよ。リリー」

赤い瞳をまばたかせて、レッドが言った。

ドーヴァー海峡沿いの港町、アーブルである。

リリーベルとレッドはルーアンから辻馬車《つじばしゃ》に四十分揺られて、やっとここへたどりついたのだ。

辻馬車はいちばん大きな通りでリリーベルとレッドを降ろすと、無言で金を受け取り、行ってしまった。客が何ものかなどということにはまるで関心のない、ごく普通の辻馬車乗りだった。

「薔薇って、なんのこと、レッド?」

リリーベルはレッドの小さな赤い頭を見下げながら、尋ねた。

レッドがいきなりわけのわからないことを言い出すのには慣れている。訊いたって大した答えは得られないこともわかっているのだが、こういうときは礼儀《れいぎ》のように訊き返すことにしているのだ。

レッドは、リリーベルのたったひとりの連れ――正確には、主人である。

リリーベルはレッドの家庭教師なのだ。

いや――少なくとも、家庭教師だった。雇われた一年前から、ほんの半月前に、ヴェルヘル王国を出るまでは。

今年の春――無駄に豪華なヴェルヘルの宮殿で、ヴェルヘル王国の王子ヨアキム――レッドは、あたりまえのように、リリーベルに告げた。ぼくとリリーは、葡萄月《九月》にはヴェルヘルにはいない、と。

バカンスにはちょうどいいよね。荷物も少なくてすむし。

その予言どおり、八月のなかばにレッドとリリーベルはヴェルヘル王国を抜け出した。

まずパリ、そしてルーアン――それから九月に入ったばかりの昨日、このドーヴァー海峡沿いの港町、アーブルを指定したのも、レッドである。

レッドは十四歳にしては幼い。リリーベル以外の人間に対しては無口で、博学なくせに、知っていて当然のことを何も知らなかったりする。列車やホテルの手配やらなにやらはすべてリリーベルがやらねばならなかった。

もっとも、リリーベルだってそんなにしっかりしているわけではない。なるべく大人っぽいドレスを選んでいるとはいえ、まだ十六歳なのだ。

「エレーナの薔薇だよ、リリー。ぼくは、エレーナが間違ったカードをひいたときのために、目印を置いたんだ。それが、赤い薔薇。そう言わなかったっけ?」

むしろ尋ねたリリーベルを不思議がるようにして、レッドは答えた。

「わたしたちが、エレーナさまに会うためにこの街に来た、ってことは、ルーアンで聞いたわ、レッド。だけど、薔薇なんて言葉を聞いたのは、今日がはじめてよ」

「はじめてだったかな?」

「そうよ」

リリーベルはできの悪い子どもに教えさとす家庭教師のように、言った。

実際は、レッドは頭は悪くない——数学や外国語なら、本を読むだけですべてを理解してしまくらい、頭のいい子どもなのだが。

ただ、それを言葉にしてあらわすのが下手《へた》なのだ。

本当に勉強を教える必要があったなら、リリーベルがレッドの家庭教師になれるわけがない。

リリーベルが、生まれ育ったイギリスからフランスを経て、やっとのことでヴェルヘルで家庭教師という職に就《つ》けたのは、レッドが変わった子どもだったから——これまで彼の面倒を見てきた、「教養にあふれる、常識的な」人間たちの手に負えなかったからに過ぎない。

レッドは、遠くの山でも見るかのように、遠くを見つめている。瞳はいまはそんなに光っておらず、ほとんど濃い茶色のように見える。

仕立てのいい白いリボンつきのブラウスを身につけたレッドは、人形のように美しかった。長いまつ毛が、白い頬《ほお》に影を作っている。少年らしく切りそろえられた髪は、落ちかけた陽に照らされて、燃えるように光っていた。

これで、大きな瞳やさらさらとした髪が、濃いワインのような紅《ルージュ》でなければ、誰からも誉《ほ》められ、誇りにされていたのに違いない――。

だがリリーベルは、もしレッドが、輝くプラチナブロンドやブルネット、青や緑の目を持っていたら、こんなに美しくはないだろうと思う。実際、遠くを見ながらたたずむレッドを見ていると、自分の半端《はんぱ》な金茶色の髪や瞳が、恥ずかしく思えてくるくらいだった。

ぼくとリリーは、エレーナに会う、とレッドは言った。

予言した。

一年の始まり、葡萄月《ぶどうづき》。一日目。ぼくとリリーベルはヴェルヘルにいない。アーブルにいる。セント・ヴァレリー通り206番地。

そこに、エレーナがいる。ベルギーのお姫さま。

ぼくとリリーベルは、エレーナのために、そこへ行く。

確定。

そうレッドが言ったから、リリーベルはここへ来た。

レッドが言い切ったことは、必ず起こること。未来でも、過去でも。

リリーベルはレッドを信じている。誰がなんと言っても、リリーベルだけは、信じると決めているのだ。

レッドはリリーベルの、ただひとりの大切な王子様。

そして、予言者。


「あんたが見た、エレーナさまの絵の中に、薔薇があるの、レッド?」

リリーベルは辛抱《しんぼう》強く、レッドに尋ねた。

ふたりは、アーブルの町並みを確認するように歩く。行きかう馬車やガソリン車は、パリほど颯爽《さっそう》としていないものの、きちんと磨《みが》かれて光っている。

香水の混じった空気、夕方の食べ物の匂《にお》い——これだけはパリと同じ——に混じって、どこかから潮《しお》の香りが漂ってくる。

港町だからあたりまえなのだが、リリーベルにとっては珍しい。パリの朝市でたまに売られていた、バケツいっぱいの牡蛎《かき》の匂いに似ている、と思った。

「そう」

「わたしがエレーナさまに薔薇を渡してあげればいいの? それとも、エレーナさまが何かしようとしたときに、かたわらに咲いているの？」

リリーベルはレッドの言葉をけんめいに置き換えて、尋ねた。

レッドは首を振った。

「渡さなくていい。咲いているわけでもない。降ってくるんだよ。風に乗って、エレーナに降り注ぐ。男たちは気づかない。エレーナはそれですべてを悟り、思い出す。そして、正しいカードを引きなおす」

「薔薇が降ってくる？」

リリーベルは妙な顔になって、聞きなおした。

「わたしが木の上にでも登って、花びらを撒《ま》き散らせばいいの？」

「何もやることはない。リリーベルの道じゃない。きっかけを与えることはできるけど、決断をするのは、エレーナしかできない」

「だったら、わたしは何をするためにここへ来たの？」

「…………」

レッドはリリーベルの理解できなさにいらだったようだった。ぷいと横を向き、ふきげんな表情で歩き続ける。

いつものことなので、リリーベルは戸惑わなかった。レッドのすぐうしろをゆっくりと歩き、ついていく。

レッドにわかるのは目的の絵だけ。そこへ至る道なんて知らない。レッドのやること、命じることをいちいち考えていたら、頭がいくらあっても足りない。

「十分後、わたしたちは何をしている?」

リリーベルは質問を変えた。

「逃げている」

レッドはそっけなく答える。

つまり、いまと同じってことね、とリリーベルはあきらめ混じりに考えた。

ふたりはいまだって、逃げているのだ。ヴェルヘル王国ではいまごろ大さわぎになって、逃げ出した王子とその家庭教師を探しているはず。

つかまっている、というのでないだけよかった、と考えを切り替えて、リリーベルはこれ以上尋ねるのをやめた。

あたりは明るいが、もう午後六時をまわっている。

辻馬車《つじばしゃ》を降りたのは、アーブルではいちばん大きな通りらしい。広い石畳《いしだたみ》の上をかつかつと馬車が走る。左右にはレストランやブラッセリーがあり、まあまあの活気をもって、太った主人が夕方の開店の準備をしている。

「レッド、待って」

リリーベルはレッドが小さな屋根つき路地《パサージュ》を曲がろうとするのを、ひきとめた。

曲がり角に、花売りの少女を見つけたのである。

足もとのバケツに、赤い薔薇があつらえたように数輪ひたっていた。夏の薔薇なので、あまり大きくないうえ散りかけだったが、ぜいたくは言っていられない。

レッドが薔薇が必要だと言い、ここに薔薇があったのなら、これは偶然ではない。

三輪の薔薇と引き換えに最後の札を払い、財布《さいふ》代わりにしているびろうどのバッグをかばんにしまっていると、レッドがふいに尋ねた。

「――リリーベル、お財布《さいふ》の中にお金が入っている？」

唐突《とうとつ》だったが、リリーベルは驚かなかった。慣れているのである。

「空《から》っぽよ。あとはフラン銀貨が一枚だけ」

「……ふうん」

レッドは小さくつぶやいた。

リリーベルはひやりとする。

ふたりの旅費をまかなってきたお金は財布の中にあるが、そのほかにリリーベルは、ペティコートの中にこっそりとナポレオン金貨を縫《ぬ》いこんであるのだ。――レッドに内緒で。

レッドはそれ以上は尋ねず、パサージュを曲がった。

歩調には、ためらいがない。はじめての町なのに、住んでいたことがあるかのようだ。リリーベルは左手にかばん、右手に薔薇を持って、あわてて追った。

パサージュを抜けると、細い路地に出た。

セント・ヴァレリー通り、と石の壁に刻印がある。

大きな馬車が一台通ったら、いっぱいになってしまいそうな道だ。左右には入り口が狭く、奥に広そうな石造りの建物が並んでいるが、どれも大通りに比べたらこぢんまりとしていた。

大通りはバカンスで訪れる金持ち《ブルジョア》や貴族の生き残り、外国人たちのもので、この道は、アーブルが小さな漁村だったころからここに住んでいる、労働者たちのもの、というわけなのだろう。法律なんてなくても、人は勝手に自分の属する場所を嗅《か》ぎ取って棲《す》みわける。

199番地……200番地……201番地……。

リリーベルとレッドはゆっくりと歩いていった。

石畳《いしだたみ》の上に、ふたつの長い影が落ちる。203番地まで来たところで、向かいに小さなブラッセリーを見つけたが、半端《はんぱ》な時間のせいか、客はいない。

エレーナ・ヘンリエッテ・ヴォルネーさまね——。

リリーベルは、今日会うはずのお姫さま、レッドが予言した「絵」の中央に君臨《くんりん》している女性の名前を、心の中で復唱する。

ベルギー王妃《おうひ》の姪《めい》。母はオーストリアの公爵《こうしゃく》ヨーゼフの娘。父はヴェルヘルの将軍。

どこのお姫さまか、と言われたらすぐに答えられないが、高貴な身分であることだけは間違いない。どういう経緯でか知らないが、ベルギーに住んでいるようだ。

可憐《かれん》な美人――らしい。

「エレーナさまとは、いつからの知り合いなの？　レッド。ヴェルヘルの社交界で？」

リリーベルは薔薇《ばら》が傷まないように胸に抱え込むようにしながら、レッドに尋ねた。

レッドの言葉を信じていないわけではないが、こんな港町に、本物の王族が来る、というのはどうも、現実味がない。

「ぼくは社交界になんか出たことないよ」

レッドは、そっけなく答えた。

「そうよね。人見知りだもんね。じゃあ幼なじみだったとか？　ヴェルヘル王国と、ベルギーとはそれなりに関係があるでしょう」

「違うよ」

「友だちだったんでしょう？」

「違う」

「…………。話したことはあるんでしょうね？」

「一年前にね。でも、エレーナはぼくをわからないと思うよ」

「あんたはエレーナさまの顔は知ってるの？」

「知らない。暗がりだったから。ずいぶん前のことだし」

「月の女神のような女性だって言わなかった？　わたし、あんたが女性を誉めるのなんて珍しいなって思ったんだけど」

「顔を知っていなくても、どんな人間かはわかる」

「……つまり、あんたとエレーナさまは、一年前に少し話したことがあるだけの、他人なわけ？」

「うん」

……あのね、と思わず口から出かけた。

わたしたちは、顔も知らない女性のために、わざわざ家出までしてこの小さい港町へ来たってわけ？

そもそも面識がないのでは、エレーナと——花の盛りである高貴なお姫さまと、レッドが会えるわけがない。運よく向こうと話す機会があったって、はじめまして、と言わなくてはならなくなるではないか。

ましてレッドはいま、身分を隠しているのに——。

205……206番地……。

目指す場所に着いた。

そこは、公園だった。

リリーベルの腰くらいまでの高い鉄の門がある、緑《ヴェール》公園、と中央にそっけなく彫りつけてある。門の向こうは枝の多い高い木がしげっており、間を縫《ぬ》うように小道になっていた。

ごく普通の、この地域に住む人たちが散歩に来るような公園だ。

「レッド。――ここ？　薔薇は咲いてないみたいだけど」

リリーベルは尋ねた。

レッドは答えない。リリーベルは背伸びをして、公園の中に目をこらした。

門から見た限りにおいては薔薇はないが、入ってみなければわからない。夏の薔薇はそんなにたくさんは咲かないはずだ。

風が吹く。つばの広い帽子の下で、髪がさらさらとなびく。陽が落ちて、ガス灯に灯かりがともる。遠くから、やや大きめの黒い馬車が、かつかつと音をさせて走ってくる。

レッドはみじろぎもせずに止まっている。

リリーベルは黙った。

レッドが考えているのなら、邪魔をしてはいけない。

たとえエレーナとレッドが無関係であろうと、レッドが確信しているからには、ここへ来たことが無駄になるわけがない、とリリーベルは自分に言い聞かせる。

レッドがヴェルヘル王国を出たのは、エレーナのためだけではない、とリリーベルは思っている。言わないのは、うまく説明できない――リリーベルには理解できないと思っているからなのだろうと。

レッドはきっと、自分を傷つけてきたヴェルヘル王国に、愛想をつかしたのだ、と思う。

王族であるエレーナと知り合いになれれば、居場所を世話をしてもらえるだろう。ヴェルヘルではなくて、別の場所で暮らせる。レッドは、それを狙っているのかもしれない――。

そう思うと同時に、リリーベルの中に、相反する感情がわきあがる。

――レッドの望みが、そんなわかりやすいものであるならば、苦労はしない。

門には鍵《かぎ》がかかっていなかった。リリーベルは門に手をかけて中に入ろうとし――手がとまった。

近づいてきた馬車の速度がゆっくりになっているような気がしたのである。

大きな馬車だった。四頭の馬車はつやつやと光り、紋章《もんしょう》はなくとも、ある程度以上の階級に属する馬車だということは一目でわかる。

リリーベルは馬車から目を逸《そ》らし、レッドの肩を抱いて自分の陰に隠した。

万が一、レッドを追ってきたヴェルヘルの人間だったら、すぐに逃げなくてはならない――。

リリーベルが思うまもなく、馬車はリリーベルを追い越した。

そのまま少し先の、公園の端にあたる部分で、停まる。

リリーベルはなんとなくレッドの前に立ちふさがるようにしながら、馬車を見つめた。

扉が開き、人が降りてくる。

リリーベルは、軽く息を呑《の》み、彼女たちに見惚《みと》れた。

最初に、黒髪の侍女《じじょ》。それから、彼女にかしずかれるように続いたのは——ちょうど十六、十七歳くらいの、可憐《かれん》な少女だったのである。

妖精のような少女だと思った。月のような淡い金髪も、灰色がかった青緑色の瞳も、抜けるような肌も、どこか透き通るようだ。体も薄くて華奢《きゃしゃ》で、風が吹けば倒れてしまいそうだ。

「——エレーナ姫——？」

リリーベルはつぶやいた。

それから、あわててレッドに向き直る。

「行かなくちゃ、レッド！　近くで話しかけるのよ。まわりには誰もいない。あのかたは、エレーナさまよ！」

リリーベルはささやいた。こんなチャンスは二度とない。

だが、レッドは釘《くぎ》づけになったように、エレーナのうしろ姿を見つめているだけだ。

「レッド——」

リリーベルは、レッドを揺すぶった。

エレーナは妖精のような足取りで公園の中に入っていく。馬車のかたわらにいた御者《ぎょしゃ》と、体の大きな従僕が、リリーベルとレッドに目をとめる。

リリーベルは体をすくませた。ふたりは、レッドとリリーベルに気づいた。

彼は数秒迷ってから、御者と耳打ちをした。彼はこちらに向かってくる。表情が厳しい。

風が吹き、リリーベルのドレスがふわりとふくらんだ。

(渡さなくていい。風に乗って、エレーナに降り注ぐ。男たちは気づかない)

ふいにリリーベルは、レッドの予言を思い出した。

男たち、というのは、彼らのことだろうか。

リリーベルは空を見上げる。

突風が吹いた。ドレスがまいあがり、手に持っていた花びらが、ふわりと舞い上がった。

いまなら、風に乗る——。

リリーベルは手をふりあげ、胸にかかえていた薔薇《ばら》を、投げた。

花びらがらせん状のうずまきに乗り、空に舞い上がった。

従僕が、あきらかに敵対する目をもって、ふたりに向かって近づいてくる。

薔薇には気づいていないが。彼らはリリーベルとレッドを、エレーナに近づく不審者、と思っている。

エレーナがここへ来ることは、誰も知らない。秘密だったのだ。

「マドモワゼル——?」

彼らの足が速くなる。リリーベルに声をかけた。

つかまったら、だめだ、とリリーベルは思った。彼らは警戒している。逃がしてくれない。

レッドの素性《すじよう》がばれる。

こういうときのリリーベルの勘《かん》は、レッドの予言よりも確かだ。

レッドは棒立ちになっている。さっきまでの不遜《ふそん》な態度が嘘のようだ。十四歳の、心細そうな、箱入りの少年にしか見えない。

(十分後、わたしたちは——逃げている)

「逃げるわよ、レッド!」

三輪の薔薇を投げ終わると、リリーベルはレッドにささやいた。

リリーベルは公園に背を向け、無理やりレッドの手をひいて、逆方向へ向かって走り出した。

2　憂《うれ》うふたりの少女

「――なんだか寂しい公園ですわね。エレーナさま」

馬車から降り立って、潮《しお》の混じる空気をゆっくりと吸い込んでいたエレーナは、侍女《じじょ》の声に、我にかえった。

あらためて前を見る。

目の前には高い門があり、緑《ヴェール》公園、と刻印があった。

パリのリュクサンブール公園、ロンドンのハイド・パーク、オランダの新公園――欧州《おうしゅう》の各地にある有名な公園とは比べるべくもない。

「そうかしら？　きれいだわ」

形式的に、エレーナは答えた。

侍女のイヴは田舎町《いなかまち》というものを好まない。いちばん好きなのがブリュッセルで、次に好きなのがパリ、ウイーン、そしてヴェルヘルだ。

今回のアーブル行きの話が出たときも、おしのびの旅をするのはいいけれど、そんな聞いたことのない港町にしなくても、と、渋ったくらいだった。

エレーナもアーブル市という名前を知らなくて、最初は戸惑ったのだが、この街を勧めた男が――アルベールの友人が、誰も知らないくらいの町でないと、王弟フィリップの目をかいくぐるのは難しい、と言ったので、了承《りょうしょう》した。

緑《ヴェール》公園は地味だが美しかった。高い木や、緑のしげみの間に、きれいな散歩道がある。このあたりの住人たちが、毎朝の日課としてこの公園を散歩する姿が思い浮かぶくらいだった。

公園の小道を歩きながら、エレーナはあらためて、わたくしは今はじめて、叔父《おじ》の目をかいぐぐろうとしているのだ――と思った。

「――どうして、ホテルではいけなかったのです？　エレーナさま。何も、公園なんかにしなくても……。ホテルでもいいですし、エレーナさまがこの街にいることは、まだ誰も知らないのですから、どこかのレストランで会ってもよかったのですわ。そのほうがロマンティックですし……アルベールさまだって」

「だからいいのよ、イヴ。ムードもへったくれもない場所がよかったの」

「へっ……へったくれだなんて、エレーナさま。そんな言葉遣いはいけません」

エレーナは侍女の言葉にかすかにほほえんだ。

「ごめんなさい、イヴ。でも、アルベールは、ここでいいって言ったのよ」

「アルベールさまは、エレーナさまの言うことでしたら、なんでも賛同するんですわ」

「どうして？」

「どうしてって……愛しているからですわ、当然です」

イヴは困ったように眉《まゆ》をひそめて、つぶやいた。

アルベールは、エレーナが叔父フィリップの――正確には義理の伯父《おじ》の弟だが、誰もそんなことを気にかけるものはいなくなっている――目から逃れるため、このアーブル市にこっそり身を隠す、と決めたすぐあとに、会いたい、と申し入れてきた。

旅行の手配をしてもらったのがアルベールの友人だったのと、間に入ってもらったイヴがアルベールとの交際に乗り気だったので、断るに断れず、ホテルへ到着する前に、五分ほどでいいなら、とエレーナはしぶしぶ承諾《しょうだく》するしかなかった。

本当は、道端でよかったのだ。

イヴは知らないが――十七歳の少女がロマンティストでないはずがない、と思いこんでいるようだが、エレーナは実はかなり現実的だ。

エレーナがマルセイユ・タロットをめくるのは、ロマンを求めているからではなくて、虚《きょ》飾《しょく》に満ちた現実を生きるためだ。

「アルベールさまは本気なのですわ、エレーナさま。フィリップさまの反対を押し切って、今度こそ求婚されるおつもりなのだと思います。もしそうなったら、受けられるのでしょう？」

公園の小道に、木漏《こも》れ日《び》がちらちらと落ちてくる。

ここへ来るまえにエレーナは、カードをめくった。

出たカードは——『女教皇』。

絶対的な価値を信じなさい。迷っては、いけない。

エレーナは空を見上げ、道をゆっくりと歩きながら、答えた。

「——ええ、そうね。イヴ」

「そうなったら、エレーナさまは将来のベルギー王妃《おうひ》ということになりますわ」

イヴは嚙《か》み締めるような笑顔になって、言った。

アルベールの父親はベルギー王弟フィリップ——エレーナの後見人、そして、彼女が逃れてきた男である。

いまのベルギー王、レオポルド二世には男子がいない。彼が没《ぼっ》したら王位は王弟、フランター伯フィリップが継ぎ、そのあとで、アルベールに譲《ゆず》られるはずである。

エレーナの母はいまの王妃の妹であるが、母はもういない。父は隣国で再婚している。

イヴは、エレーナが王妃になるのがうれしくて仕方ないのだ。家柄は確かだが孤独な姫として、これまで宮廷内で宙ぶらりんな立場にたたざるを得なかったエレーナが、アルベールと結ばれることで、やっと認められる、と。

「——ええ」

エレーナは答えた。

アルベールの求婚を受け入れる決意は、した。

故郷《ベルギー》の王妃になれるのなら、それ以上のしあわせはない。

「すばらしいことですわ、エレーナさま。今日、エレーナさまの一生が決まるかもしれない。それなのにどうして、そんなに浮かない顔をしておられるのです？」

「決めるにしても、今日にするつもりはなかったからよ。アルベールはどこで待っているの？」

「大きな樫《かし》の下で、とおっしゃっていましたわ。この道の先ですよ。もう待っていらっしゃるかもしれません。早く行かないと」

「アルベールは辛抱《しんぼう》強いわね。こんなところまでやってくるなんて」

「仕方ありませんわ。ベルギーの宮殿にはフィリップさまがいらっしゃるんですもの。正式に結婚するまでは、どうしても秘密に動くことになります」

叔父の名前を出されると憂鬱《ゆううつ》になり、エレーナは立ち止まった。

道のかたわらに、丸く刈られた薔薇《ばら》のしげみがあったからだ。とげをもった枝と、まばらな葉を生やしている。あたりまえだが、花は咲いていない。

「──アルベールと結婚したら、叔父さまから、一生逃れられない」

エレーナはぽつりとつぶやいた。

イヴがエレーナに目を向ける。

「だったらいっそ、よその国の王族か、貴族にでも嫁《とつ》いだほうがいいんじゃないかって思うときもあるわ、イヴ。叔父《おじ》さまは、むしろそれをお望みでしょう。そうしたら、わたしはやっと、叔父さまから逃れられる。欧州《おうしゅう》のあちこちに、未婚の貴族や王族はたくさんいるわ。デンマーク、オランダ、オーストリア、イギリス――ヴェルヘル」

ヴェルヘル、という言葉を口に出したとき、ふっと頭に何かがよぎったような気がした。

エレーナはかすかに眉《まゆ》をひそめ、薔薇のしげみを見つめる。

「何を弱気になっているんですか、エレーナさま！」

イヴはエレーナの何倍かの強い口調になって、言った。

「フィリップさまは確かに王太子で、エレーナさまの後見人、そして、恩人です。でも、恋をするのに、気を遣うことはありません。エレーナさまにふさわしいのはほかの誰でもない、アルベールさまだって、誰もが認めていることですわ」

「ええ。わかってるわ。だからこそ、考えているのよ。――結婚というものが情熱だけでできるものなのかどうか」

眉をひそめるイヴに言いながら、エレーナは立ち止まった。

この道の向こうに、アルベールがいるとわかっていても、どうしても、足が動かなかった。

自分はいま、誰にも会いたくないのだ。

もう気づいていた。

今回のアーブル行きが決まったとき、エレーナは、やっとゆっくりと考える時間がとれる、と思ったのだ。考えて、選ぶことができる。自分の未来について。後見人であるフィリップの執着とも愛情ともつかない感情と、いくつもの分裂した故郷について。

ヴェルヘルにいるけれど、まったく他人のふりをしている父親について。

もちろん、アルベールのこともだ。

いくら政略結婚がいやだからといって、後見人であるフィリップが外遊している間にこそこそと結婚してしまう、なんてやりかたが、正しいのかどうか。王妃になるからこそ、出発点は正式なもののほうがいいのではないだろうか。

エレーナは悩んでいるのに、アルベールは性急だ。今回の旅行を、エレーナとの婚約を成立させるチャンスだと思っているのである。

……ふだんは父親に頭があがらないくせに、こういうときばかり強引なんだから……。

「エレーナさま――アルベールさまがいらっしゃいますわ」

エレーナは顔を上げて、道の向こうを見た。

道の先からはアルベールが、ゆっくりと歩いてきていた。

エレーナは、彼を見つめた。

少しくすんだような金茶色の髪。長身の美青年だ。アルベールは静かな、だがぎこちない笑顔になって、エレーナを迎えようとしている。

エレーナの頭の中に、いろんな決意が頭をかけめぐった。どうしたらいいのか、わからなくなる。

そのとき——薔薇が、天から降ってきたのである。

心臓に似た形をした、大きな赤い花びらが。

エレーナは空を見た。

イヴや、アルベールまでつられて見た。

薔薇はふわりと風に乗り、ばらばらになった花びらが、エレーナの前ではじけた。

(わかるよ。きみには、欲しいものがあるんだろう)

(来年のいま、葡萄月《ぶどうづき》——)

エレーナの中で、失われていた月色の記憶が、弾けた。

あのとき、はじまりの奇術師が、薔薇とともに私に約束した。わたくしに欲しいものを与える、と。

いま、このときを予言していたかのように。

わたしが欲しいものは、果たして、これだっただろうか?

赤い花びらは、彼の、祝祭か、それとも何かの暗喩《あんゆ》か——。

エレーナの足が、動かなくなった。

「エレーナさま?」

イヴがつぶやき、ふと振り返った。

入ってきた門のあたりがざわついている。馬車のかたわらで、誰かが不審者を見つけたような声と、追いかけていく足音が聞こえた。

イヴは神経質そうに手をのばし、主人を守るように体に触れようとする。

その手をエレーナは、ふりほどいた。

「――帰るわ、イヴ」

やっとのことで、エレーナは言った。

「エレーナ？」

「ごめんなさい、アルベール。――わたくし、まだ、あなたと結婚できません」

エレーナはアルベールの顔も見ずに言い置いて、くるりときびすを返した。


リリーベルはレッドをひっぱるようにして、走っていた。

エレーナに直接会うのでなければ、ベルギーの王族の使用人に会う意味なんてない。しらばっくれて、通行人のふりをしているうちに、レッドの顔を覚えさせてしまうかもしれない。

まして、不審者扱いなんてまっぴらである。

男たちはしばらく追いかけてきたが、パサージュを曲がる杜《もり》からあきらめたように気配が消えた。

リリーベルはほっとした。誰もいない路地に入ってやっと息をととのえかけ——そこで、レッドの鋭い声がかかった。

「リリー！」

「え、なあに——あ！」

リリーベルははっとして顔をあげた。

さきほどとは違う男たちがリリーベルの肩に手をかけていた。黒い帽子をかぶっており、顔がよくみえない。ひとりではなかった。

リリーベルの肩をつかんで引き離したのは、いちばん大きな男だ。肩に続いて、無理やり腕をつかまれた。そのうしろに、ねずみ男のような小柄な男と、若い男がいる。

リリーベルの顔がひきつった。

あたりには誰もいない。人を避けたのがたたった。

さっきの男——エレーナの使用人ではない。彼らは追ってきていない。

粗《そ》野《や》な男たちだった。身なりがよくない。どうみても、この街に住んでいる男たち——それも、下層階級の、あまり柄のよくない男たちだ。

「旅行者か」

声を発したのは、いちばんうしろにいた、三人目の男だった。若いがリーダーらしい。

その言葉を合図にしたように、肩をつかんでいた男がリリーベルを突き放す。持っていたかばんが、どさりと落ちた。リリーベルは抵抗したが、逆らいきれない。

「やめて！　何するのよ！」

リリーベルは叫んだ。

「ただの旅行者じゃないな」

「ただの旅行者よ！」

強がったつもりだったが、声がかすれた。

「リリーに手を出すな！」

そのとき声がして、レッドが大男の足にしがみついてきた。

男たちはじめて、レッドがいたことに気づいたようだった。

「レッド！　来ちゃだめ！」

リリーベルは叫んだ。大男がびっくりしたようにリリーベルとレッドを見比べる。案外、頭の回転が早くないようだ。リリーベルは思い切りひざをあげて、彼のまたぐらを蹴《け》り上げた。

「……………！」

大男は言葉を失って手を放した。リリーベルはどさりと地面に落ちる。そのままレッドの頭を抱いて、路地の向こうに押しやった。

「リリー――！」

「あんたは逃げなさい！」

リリーベルは叫んだが、レッドは目を見開いてリリーベルを見ているだけだ。

レッドは突発的な出来事に弱いのだ。さっきの反撃のほうが信じられない。

リリーベルはつかまえようとする男の腋《わき》の下をくぐりぬけようとしたが、うしろにいたねずみ男につかまえられた。

「いやだ、やめてよ。本気でやめてよ。どっか行け、いや——！」

「女を黙らせろ！」

若い男が命令し、ねずみ男はリリーベルの唇を手でふさいだ。

思っていたよりも力が強い。怖い。

レッドが逃げた、と思ってはじめて、自分の危険が身にせまってきた。

リリーベルはふるえた。

ここへ来るんじゃなかった、こんなことなら、さっきつかまったほうがまだましだった——と思いつつばたばたと暴れていると、ごん！　と鈍い音がして、男が前のめりに倒れた。

「女の子に乱暴する男は最低だな。頼むから、そんな姿を俺に見せないでくれ」

長い影とともに、低い男の声がした。

大男のうしろから割って入ったのだ。

ねずみ男の手がゆるみ、ずるずるとリリーベルに倒れこんでくる。

こんな奴と抱きあうのはまっぴらごめんだ。リリーベルはあわてて横にずれた。もうひとりの大きな男は、仲間が倒れて頭に血が昇ったらしく、ねずみ男を抱き起こすより先に、ウガーともフゴーともつかない声をあげて、男に殴《なぐ》りかかっていく。

男は大男をひょいとかわして、リリーベルをうしろにかばう姿勢になった。ケンカ慣れしている。大男がたたらを踏んで倒れかかったが、なんとか踏みとどまった。

「くそ！」

若い男が、捨て台詞《ぜりふ》をはいた。

「――もういい、来い」

「でも、ヴィンセント！」

ねずみ男が逆らうが、ヴィンセントと呼ばれた若い男はひとにらみで黙らせた。男の肩に肩をぶつけるようにして間を縫《ぬ》い、背中を見せる。

大男はよたよたとふらつきながら追っていき、三人はパサージュの中へと消えた。

リリーベルは呆然《ぼうぜん》としていたが、三人がいなくなったのに気づくと、はっとして首をまわした。

「――レッド！」

「ここにいるよ、リリー」

レッドは近くの石畳《いしだたみ》の上に倒れていたらしい。壁に手をついて、立ち上がっていた。

レッドは無事だった。瞳はいつもと同じ、静かな赤い光をたたえている。

リリーベルの体から、力が抜けた。


「危なかったな。レディ？」

声をかけられるまで、男が目に入らなかった。

リリーベルは顔をあげて、男を見る。レッドは不快そうに顔をしかめて男の腕の下をすり抜け、リリーベルのかたわらに走り寄ってきた。

「――ありがとう。助かったわ……」

リリーベルはレッドをうしろにし、かばうようにして言った。

気持ちはまだ、ぼんやりとしている。

思っていたよりも怖かったらしく、ひざがふるえていたのだが、知らない男に悟られるわけにはいかない。

男はかすかに、唇だけで笑った。

胸のポケットから小さなびんを取り出す。

「飲めよ」

ふたをとり、ごく自然にリリーベルに渡した。

リリーベルはびんを受け取り、口をつけた。水かと思ったら強いウイスキーで、むせそうになったが、口に入ると少しずつ落ちついてきた。

「あなた、イギリス人なの？」

リリーベルは尋ねた。男の声には懐かしい英語の響きがある。

「もとはね」

「名前は？」

リリーベルは尋ねた。

レッドがかたわらで、あっ、と小さな声をあげた。

「アレックス。旅行者なら、無用心だな。使用人がいないなら、ぼんやりするもんじゃない。なんでこんなところにいたんだ。客引きか？」

「失礼ね」

リリーベルはむっとした。助けられたのはありがたいが、それほど落ちぶれてはいない。

男は唇だけで笑うと、リリーベルからびんを受け取り、そのままレッドに差し出した。

レッドは唇を引き結んだまま、首を振った。

男の体を押しのけるようにして、ひとりでパサージュを出ていこうとする。リリーベルは落ちていた旅行かばんを拾いあげて、あわてて追った。

レッドは公園へ戻ろうとしていた。道は暗くなったせいか、人通りはない。

リリーベルは目をこらしたが、さっきの馬車はもうないようだった。

セント・ヴァレリー通り206——緑《ヴエール》公園の一角は、ただの、しんとした街角に戻っていた。レッドはそこに立ちすくむようにして、じっと公園の中を見ている。

エレーナの影はもちろん、どこにもない。

休憩《きゆうけい》か、散策か——それにしては、こんなところで休むのが妙だけど——エレーナは少し空気を吸って、ふたたび馬車に乗って行ってしまったのだ……。

「——どうした」

リリーベルとレッドについてきていたアレックスが、やや不思議そうに、尋ねた。

「達成しそこねたんだわ。確定だと思ったのに」

リリーベルは落ち込みそうになる気持ちを隠さず、つぶやいた。

ふと気づいて足もとを見る。さっき投げた赤い薔薇《ばら》のうち、ばらばらに散った赤い薔薇の花びらが、踏みにじられて石畳の上に落ちていた。

だが、すべてではない。

ということは、エレーナさまの上に、少しは薔薇を降らせることができたのかしら……。

といってもリリーベルはレッドではないので、自分のやったことがよかったのかどうか、判断はつかない。

「確定？　——目的？」

「エレーナさまのことよ。わたしの判断が遅れたんだわ。ためらわなければよかった。彼らに見つかる前なら、こっちの門から公園に入って、エレーナさまと知り合いになれたかもしれなかったんだわ。いい機会だったのに」

「――リリー」

レッドがリリーベルの袖《そで》をひっぱった。

リリーベルははっとして、口をつぐんだ。

緊張が急にほどけたのと、強いお酒が入ったので、つい口が軽くなってしまった。

「――エレーナ？」

「あなたには関係ないことよ」

リリーベルはあわてて言った。

男は少しだけ眉《まゆ》をひそめて、リリーベルを見ている。

落ちついているのでかなり年上かと思ったが、灯りの下であらためて、見るとそうでもなかった。

二十歳《はたち》より下ということはないと思うが――身のこなしはしなやかで、無駄な肉は何もなかった。細身なのに肩は広い。

長めの前髪は黒く、オリーブのような、不思議な色の瞳をしていた。

とるものもとりあえず出てきたという感じで、あごのあたりに不精《ぶしょう》ひげのようなものが残っている。

　酒のびんを持っていたことといい、このあたりのブラッセリーかビストロで働いてでもいるのだろうか。確かに、夜の店で客商売でもしていそうな感じではある。

「リリー、もう、ここには用はないよ。終わった」

「完成したの？」

「最初の絵はね。終わった」

　レッドがもう一度、リリーベルの袖をひっぱった。

　レッドはついにアレックスとはひとことも言葉を交わさず、歩き出している。

　リリーベルは急いでレッドを追った。

　歩きだす前にもう一度、アレックスを見る。

　アレックスはやや目を細めて、レッド、そしてリリーベルを見ている。リリーベルは、髪やドレスのすそが乱れたままだったということに気づき、ちょっとだけ恥ずかしくなった。

「名前は？」

　リリーベルがその場を離れるまえに、アレックスが尋ねた。

「リリーよ。リリーベル・シンクレア」

「その子は、あんたの弟か？」

「リリー、行こう」

少し先にいたレッドが振り返って、うながした。もう、足は大通りへ向かっている。リリーベルはアレックスの言葉には答えることができず、レッドを追った。


「どうして、あの男の名前を聞いたの？」

大通りに出るまで、レッドは口をきかなかった。なんとなくふきげんに歩きはじめる。

大通りの端に、ノルアーブル通り、とそっけない標識がたっていた。いくぶん人が増えて、レストランやブラッセリーの外に並べたテーブルから、おいしそうな香りが漂っている。どうやら、暗くなってからのほうがにぎやかになる街らしい。

予定では（レッドから一方的に言われたことを、リリーベルが変換してたてた予定だが）リリーベルもいまごろ、エレーナと知り合いになって、一緒にいる、と思っていたのだが。

だからこそリリーベルは財布《きいふ》の中を気にせず、散在してしまったのだ。

「あの男って――アレックス？」

リリーベルが言うと、レッドはかすかに、いやな顔をした。

「そう」

「レッドが言っていたんじゃないの。名前を聞くことで、『残る』ようになるって」

リリーベルは答えた。空腹もあって、少しいらだっている。

最初の絵は完成した、と言ったけれど、レッドの口ぶりからすると、まだ先がありそうだ。エレーナに関して、まだやることが残っているのだ。

「あいつは残す予定にないよ。ぼくは、知らなかった」

「そうかもしれないけど、助けてもらったんだから、名前くらい訊くのが礼儀《れいぎ》でしょ。アレックスは悪い男じゃないと思う」

名前を口に出すと、レッドはいやな顔をした。

「……あいつのことはもういいよ」

「そうね。それよりも、今日、やりそこなったことのほうが問題だわ。わたしはあのとき、無理やり公園に入っていって、エレーナさまに突撃するべきだったのね」

「いや。違う。それは無理。さっきは、犬がいなかった」

……また違う言葉が出てきた。

リリーベルの心も知らず、レッドはあっさりと言った。

リリーベルは注意深く、レッドに尋ねる。

「犬？　犬って何？」

「リリーベルがつかまえるんだ。エレーナが欲しがっているものは、迷子《まいご》の仔犬。犬を見つければ、エレーナはしあわせになる」

リリーベルはしばらく黙って、レッドの言葉の意味を考えた。

「その犬は、どこにいるの？」

「公園だよ。いまはいない」

「どんな犬？」

「赤毛のスパニエル。名前はヨアキム」

「ヨアキム？」

リリーベルははっとして、聞き返した。

本気なのかどうか――ヨアキムというのは、レッドのヴェルヘルにいたときの名前なのである。

もう捨てた名前。ヨアキム・フェルディナンド。ヴェルヘルの第一王子。

だが、レッドはそんなことに気づきもしない。忘れてでもいるかのようだった。

「そう」

レッドはそっけなく言った。……あまり名前に意味はないらしい。

ヨアキムという名前の仔犬。それをわたしがつかまえる――。

リリーベルはレッドの言葉を胸に刻みつけながら、話を変えた。

「――わたしたちをおそった男たちは、わたしたちだってことをわかっていたのかしら。エレーナさまの周辺の人だったり――あんたを知っていて、追いかけてきたのだと思う？」

「それは違うよ。エレーナには関係ない」

「ただのこの街の悪いやつ、ってことでいいの？　あたしたちの運が悪かっただけね？」

「うん」

だったら、ひとまずは安心、とリリーベルは思った。

レッドの敵でなければいい。

ヴェルヘル王国で、レッドの敵である、ヴォルネー将軍の息がかかった人たちでなければ。

レッドがヴェルヘルの王子だということを誰にも知られていないのなら、まだこの街にいられる。これ以上、逃げないですむ。

レッドはしばらく無言で歩き、パサージュから大通りへ抜けるあたりで、ふいに尋ねた。

「財布はある？　リリーベル」

「――あるわよ。でも中は空《から》だって……あっ」

リリーベルは手に持っていた旅行かばんに目を落とし、言葉をとめた。

頭がいっぱいで気づかなかったが、四角い革のバッグのポケットが切り裂かれている。

「あとから来た男に、やられた。あの、ねずみみたいな男のほう。見えてた。だから、あそこに着く前に、財布は空かって訊いた」

かばんのポケットに入れていたリリーベルの小さいバッグがなかった。中には財布が入っていたはずだ。

あっけにとられるリリーベルに向かって、レッドは言った。

「レッド、あの男たちが現れるのも、知っていたってわけ？」

「そう。見えてた」

「なら、なんで教えてくれないの」

「確定はしてなかった。言ってたら、リリーベルはあそこに行かなかったろ」

「あたりまえじゃないの、わざわざ危険なことするわけないわ」

「そうしたら、エレーナ姫にも会えないし」

「どっちみち、会えなかったじゃないの！　わたしたちがあの場所にいたからってエレーナさまには何の関係もなかったわ。なけなしの一フランまでなくなって、あたしたち、文無《もんな》しになっちゃったわよ、レッド」

リリーベルは思わず叫んだ。

ルーアンのホテルはもうひきあげてしまったし、アーブルは知らない土地だ。今夜泊まるあてどころか、食事をするお金もない。

……いや、あるといえばある。

リリーベルが、ペティコートの中に縫《ぬ》いこめて持ってきたナポレオン金貨。

シンクレア家——リリーベルがイギリスの両親のもとを離れてフランスにたどりついてから、やっと貯めた全財産なのだ。

ぐうう、と腹が鳴った。

そういえば、昼にルーアンでアップルパイを食べて以来、何も食べていない。

「おなか、すいた？」

レッドが訊いた。

いつのまにか、大通りの端に来ていた。目の前にはトゥール川、潮の匂《にお》いはうすれかけている。川を渡れば、少し高級なホテルや、大きな屋敷が立ち並ぶ場所に出るようだ。

レッドは心配そうな顔をしていた。レッドも空腹なのかもしれない。

パリを出てから、さんざんお金を使わせたのは自分のくせに、こういうときだけ、とたんに子どもっぽくなるのである。

いっそふてぶてしさを押し通してくれれば怒ることもできるのだが……。

空腹と情けなさをまぎらわすために川の向こうを見ると、ひときわ大きな建物が目に入ってきた。

二頭立ての馬車につながれた、美しい馬。高級な車が停まり、運転手が扉を開く。旅行者らしい、コートに身をつつんだ男たちや、華《はな》やかなドレスに身をつつんだ女たちが、中に吸い込まれていく。

ガス灯に照らされて、入り口の看板が見えた。

Casino《カジノ》 Embrasser《アンブラセ》――と。

レッドは気づいていないようだった。リリーベルはすばやく反対側――庶民《しょみん》の屋敷や貸間が立ち並ぶ、雑多な大通り沿い——に目をむけた。

「おなかはすいてるわ、レッド。ホテルに行って、食事をとりましょう。エレーナさまのことも、ゆっくりと考えたいし」

リリーベルはレッドの気を逸《そ》らせるため、あえて明るい口調で言った。

この町に、賭博場《カジノ》があるなんて。それも、あんなに大きな。

「お金は？」

「心配しないで」

ちょうど辻馬車《つじばしゃ》が走って来るのが見えた。リリーベルはレッドの頭をつかむようにして視線を逸らさせ、手をあげて馬車を停めた。

「どこまで？」

御者《ぎょしゃ》が聞いてくる。リリーベルはレッドに尋ねた。

「どこのホテルにすればいいか、わかる？　レッド」

「ええと……」

レッドがリリーベルを見る。

いや——見ているようで、見ていない。赤い瞳の中央が、ちりちりと紫がかっていく。はめこみ硝子《ガラス》の中にある石のように、美しいが焦点の合わない光を放っている。

御者がけげんな顔をするのにはかまわず、リリーベルはレッドの言葉を待った。

赤い瞳に、ゆっくりと視線が戻ってきた。

「ジャルダンホテル。三〇七号室」

「部屋番号はいいわよ、レッド。ジャルダンホテルへお願い、ムッシュー」

「あそこは、最高級のホテルですが、マドモワゼル」

「かまわないわ。行って」

御者はうなずいた。とりあえず、レッドとリリーベルをそれなりの階級の人間だと思ってくれたらしい。それとも、レッドがどこかの名家の子どもで、リリーベルはメイドか。リリーベルがおじょうさまで、レッドが小柄な従僕か。

どれでもいい。リリーベルはとりあえず行く先が決まったことにほっとして、走り出す馬車の中で、こっそりとペティコートをたくしあげた。


「三〇七号室でよろしいですか、マドモワゼル・シンクレア。窓から海が見えます」

「けっこうよ、ありがとう。それから、悪いんだけど彼にお金を払ってやってくれる？　細かいのを持ってなくて。長く滞在するかもしれないから、まとめて請求してくれればいいわ。それまでこの金貨を預かっておいて」

ジャルダンホテルのフロントで鍵《かぎ》を受け取りながら、リリーベルはうしろにいる御者を示した。

今度の辻馬車の御者は善良な男だった。ナポレオン金貨は、おつりがないから受け取れないと言って、ホテルのフロントまでついてきたのだ。

フロントの男は金貨を手にとって確認し、御者に数フランのお金を払った。

「かしこまりました、シンクレアさま」

「それから――このホテルには今日、エレーナ・ヘンリエッテ姫が泊まっておられるのかしら？　ベルギー王妃《おうひ》さまの姪《めい》の」

リリーベルはついでに、さりげなく尋ねた。

レッドがはっきりとこのホテルを指名したからには、何か、レッドの目的――エレーナ姫と知り合いになることと関係があるのかと思ったのである。

レッドは、自分たちがどこへ行けばいい、そこに誰かがいる、というようなことまでは「確定」できる――見えるらしいが、そこに行って何をすればいいのかはわからないようだ。

少なくとも、リリーベルには言わない。だから、レッドが時間と場所を示したら、そこから先はリリーベルが頭を働かせなくてはならないのである。

レッドの能力については、リリーベルも実はよくわかっていないのだが。

でも、だからといってリリーベルは、レッドを気味悪いとは思わない。ほかの人間のように。

フロントの男の額は、ぴくりとも動かなかった。

「なんのことを言われているのか、わかりません」

「そう。それならいいわ。わたし——わたくしは、エレーナさまのお知りあいだから、ちょっとごあいさつしたかっただけ」

リリーベルはなるべく上品にほほえんだ。

フロントの男は完璧《かんぺき》にしらを切りすぎた。エレーナはこのホテルにいるのに違いない。チップをはずんで話させたいところだが、できないのが残念だ。

「お知りあいなのですか」

「向こうは忘れているかもしれないけれど」

「今日はアーブルにご旅行で？」

「そうよ。自由な旅が好きなの。たくさんの使用人はわずらわしくて」

リリーベルは言った。

冷静そのものに見える彼の頭の中は、いまごろ、シンクレア家、という名家がどこにあったかということでいっぱいなのに違いない。

このホテルにイギリスの紳士名鑑があれば、父の名前が末端から出てくるだろう。まだ削除《さくじょ》されてなければ。

まあ、過去の話はどうでもいいことだ。

レッドは、過去は終わっていて、動かないから好きだ、と言っていたけれど、リリーベルは未来のほうがいい。

鍵を受けとりながら、リリーベルは、レッドは——レッドに限らず、予言者の力をもって生まれてきた人間は——大変だな、と思った。

レッドにとって、未来は薄暗がりの道のようなものだ。少しだけ、ところどころに見えている。すべてがはっきり見えるわけじゃないから、大丈夫だと思って踏み込んだら、思いがけずいやなものを踏んでしまったりする。

それはとても不快で、怖くて、いらだつことなのだろう。

いっそ真っ暗ならば、覚悟を決めて歩けるし、仮にいやな目にあっても、あきらめがつくだろうけど。

今日の、セント・ヴァレリー通りでの一件みたいに。

レッドは、あの三人の男たちが来ることは知っていたけれど、リリーベルに乱暴をすることや、あのあとアレックスが現れることは知らないようだった。だから珍しく、目的だったはずの、エレーナとの面会がなくなったのだ（それにしても、レッドが無力ながらあの男たちに立ち向かおうとするとは！　そっちのほうがリリーベルには驚きだ）

真っ暗な道を歩く、ということは、レッドにはよくわからないのに違いない。

ルーアンの聖処女、ジャンヌ・ダルクは、神の啓示を受け取れなくなったとき、どんなふうに絶望したのだろうか――。

「お待たせ、レッド」

広いロビーで所在なげに待っているレッドに近寄ると、レッドはリリーベルを見あげて、言った。

「荷物は?」

「ボーイに預けたわ。部屋はあんたが言ったのと同じだったから、確かめるまでもないでしょう。食事にしましょ。このホテルのレストランは、魚がおいしいみたいよ」

「あの男に、見覚えがある? リリーベル」

レッドが言いながら、ロビーのすみに目を移す。ずっと気にかかっていたらしい。

そこはバーになっていて、若い男がカウンターでお金を払い、細いグラスを受けとっている。

なにげなく見たリリーベルは、目を丸くした。

その若い男は――セント・ヴァレリー通りのパサージュで、リリーベルを襲った男たちのうち、リーダー格の若い男だったのである。

彼は――確か、ヴィンセント、と言った――紳士面《づら》をして、ゆったりとグラスをかたむけている。

リリーベルの頭に、血が昇った。

「なんであいつがこんなとこに！」

「あ、リリーベル！」

つぶやくが早いか、リリーベルはレッドの言葉を待たずに走り出した。

ロビーで談笑する人たちの間をすり抜ける。バーまで行くと、彼が気づいてリリーベルを見る。すぐに気づいて、顔色が変わった。

リリーベルは逃がさなかった。ドレスの両手でつかんで、男に近づく。

「こんにちは、さきほどはどうも」

彼は観念したらしく、グラスを持ったまま、両手をあげた。

「……なんだ、お嬢さん。迫られるのは光栄だけど、手順を踏んでくれないと困るな」

「手順を無視したのはあなたでしょ。ついさっきのことを忘れたとは言わせないわ。知らない顔をするなら、いますぐに大きな悲鳴をあげるわよ、ヴィンセント。下の名前はなんていうの？」

名前を言うと、男はびくりとしたようだった。

リリーベルは言った。

バーのマスターやあたりの男たちはちらちらとふたりを見ているが、気にしないふりをしている。さすが、高級ホテルである。

　ここで大立ち回りをしたら、不利なのは男のほうだ。リリーベルは、ドレスを上品なものに新調してよかったと思った。家庭教師の服装じゃ、こういうときにさまにならない。

「――何のことだかわからないな、お嬢さん」

「なんなら教えてあげてもいいわよ。男が三人がかりで、女性と子どもを襲ったって。こんなホテルに泊まる身分の人がやることとは思えないわ」

「俺はただ、飲んでいるだけだ。あんたがなんと言おうと、証拠はないよ」

　バーのマスターはカウンターの奥に移動している。痴話喧嘩《ちわげんか》だと思っているらしい。ここぞとばかりに、リリーベルは声を強くした。

「いいえ。あるわ。あのとき、別の男が割って入ったのを覚えてるでしょ。彼が証言するわ」

「するもんか」

「どっちでもいい。わたしが言いたいのはひとつよ。――財布《さいふ》を返しなさい。そうすれば、誰にも言わないわ。こう見えてわたしは、ものわかりがいいのよ」

　リリーベルは言った。

　男はリリーベルを見つめていたが、観念したらしい。

　しぶしぶとポケットを探って、財布代わりにしていたワイン色のリリーベルのバッグと、黒の男用の紙入れを取り出す。

自分の財布の中には一フランが入っているだけだった、とリリーベル思い出した。ここまでやって、報酬《ほうしゅう》が一フランというのは少なすぎる。夜中にレッドがミルクが飲みたくなったときのために、メイドに渡すチップも必要だ。

「それから、切り裂かれていたわたしのかばんを弁償《べんしょう》して。あれもあんたたちがやったんでしょう?」

リリーベルは急いで付け足した。

「あの荒っぽい手口は、俺じゃなく——」

「仲間なんだから同じだわ。五十フランよこしなさい。だったら、警察に言わないでいてあげる。こんなホテルに出入りするってことは、あんたはけっこういい家の人なんじゃなくて」

「——あんた、いいタマだな。本当にただの旅行者か?」

男の目がかすかに光った。リリーベルを値踏みしているようだ。

ちらっと、関わるべきではなかったか、と思った——自分自身が、けっこう危うい身分だというのに——。

だがもうやりなおせない。レッドが彼らはエレーナとは関係ないと言ったのだし、強気で通すしかない。

「そうよ。かわりに約束は守るわ。過去はひきずらないタイプなの」

妙なことを勘ぐられるまえに、リリーベルは顔をあげ、きっぱりと言った。

男は少しだけリリーベルを見つめ、負けを認めた。

上着の内ポケットからむき出しの札を取り出し、十フラン札を五枚、無造作《むぞうさ》に数えて寄こす。

「ありがとう。あなたのことは忘れるわ」

リリーベルはヴィンセントが案外素直だったということに気をよくして言った。

札を受け取り、ポケットに入れる。これで、ナポレオン金貨を使わずに済む。気持ちだけならキスしてやりたい。

カウンターから離れようとすると、男は仏頂面《ぶっちょうづら》で、リリーベルの財布と、黒い紙入れをリリーベルに放った。

マスターは痴話喧嘩《ちわげんか》の決着がついたと思っているらしく、何か飲むか、と身振りで尋ねてくる。

アルコールの入らない、塩のついたカクテルでも飲みたい気分ではあったが、男の近くにいたくないので、リリーベルは手を振って断った。財布を持って、ロビーを戻る。

「……突然すぎるよ、リリー。予測できなかった」

レッドは同じ場所で、ぽつんと待っていた。

「頭に血がのぼっちゃったのよ。でも、ホテル代が手に入ったわ。しばらくはいられる。レッドがこのホテルを指定したのは、こういう意味があったのね？」

「そう……だったのかな……？」

レッドはあやふやに答えた。

このことを、「確定」はしていなかったらしい。

リリーベルはレッドとふたりでレストランへ向かいながら、ヴィンセントが放ってきた財布を確認した。

そして、もうひとつ。男ものの財布がある。

リリーベルが財布代わりにしていた、横に長い革のバッグは、無事だった。

ちょうど、男の下衣の尻ポケットや、上着の胸ポケットに入れるとちょうどいい薄さの、二つ折りの革の紙入れだった。

「それは？」

レッドが尋ねた。

「知らない。わたしのじゃないわ。きっとほかの人のを間違えてよこしたのよ」

リリーベルは答えた。

たとえそうだとしても、ヴィンセントに返しに行きたくない、と思う。もう忘れた。

とりあえず、いくら入っているのか——好奇心もあって中を開いてみる。

札入れなので、コインはない。ごく平凡な男の金入れ。せいぜい十フランかそこらだ。

リリーベルのバッグといい、彼らは中身を確認して、がっかりしたのに違いない。

乱雑にたたまれた札に重なって、別の白い紙が入っていた。

リリーベルは何気なく、それを抜き出す。小さく切り抜いた写真だった。

「あ」

何気なく写真を見たリリーベルは、口の中でつぶやいた。

3　午後の太陽と小さな仔犬

「……で、手がかりはないのか？　アレックス。その、風変わりな姉と弟の行く先には」

「姉と弟って決まったってわけじゃない」

アレックスは、目の前の男――ビクトルの言葉に、ぶっきらぼうに答えた。

アーブルでいちばん高級な地所にある、大きな屋敷である。

ふたりがいるのは大きな庭に面したテラスで、白いテーブルの上には紅茶と、色とりどりの小さなお菓子が置かれている。

あたりにはさんさんと陽が照り、緑の芝生《しばふ》に映えている。

テラスからは、噴水のある大きな公園が見えた。白や赤の花が交互に並んで咲き乱れている。美しい眺めだった。

ビクトルはやや大げさに肩をすくめ、テーブルの上に置いてある紅茶をとって、口に運んだ。

「財布《さいふ》くらい、いいじゃないか。どうせ十フランばかりしか入ってなかっただろう。それともルーレットで大勝して、豪遊する前だったか」

「おまえじゃあるまいし」

アレックスは言って、まぶしそうに空を見た。

いつも夜の生活が主なので——ビクトルのように、いい天気となれば日光浴をしなければもったいないと思うような人間でもないので、外でお茶を飲むことなど珍しいのである。

こんなことでもなければ、絶対にこの屋敷に来ることはなかった。

アレックスが、奇妙な少女と少年と助けたのは、昨夜のことだ。

それ自体は、おかしなことではない。セント・ヴァレリー通りで夜の店などをやっていると、たまにこういう場面に遭遇《そうぐう》する。

セント・ヴァレリー通りは夜になると人通りがなくなるが、大通りからすぐに来られることもあって、たまにこの町に静養に来ている金持ちたちが迷い込むのだ。

羽をのばして使用人たちを連れていない金持ちの人間が歩くところに、たまたま、たちの悪い男たちが居合わせれば、何が起こるかは考えなくてもわかるというものだ。

だが、あの少女は——リリーベルは、迷い込んできたのとは違うようだった。

客のこない店で酒を飲みながら外を眺め、彼女たちを見つけたときから、何か妙だな、とアレックスは思っていたのだ。

リリーベルは、少年——たぶん、名前はレッド——とふたりで歩いていた。レッドの行こうとする先に、リリーベルのほうがついていっているようだった。新しい服を着て、旅行かばんを持って。

旅行者でなければ、客引きか。

だが、それにしては上品すぎる――。

ぼんやりと思いながらぬるいビールを飲んでいたら、ふたりは立ち止まった。

風が吹き――リリーベルは手に持っていた薔薇《ばら》を、思い切り空へ向かって、放り投げたのだ。

薔薇は空に散り、風に乗って公園へ向かってざっと流れた。

それからリリーベルは、くるりとまわれ右をして、もときた道を走り出した。今度はリリーベルのほうがレッドをひきずるようにして。

まるで、薔薇を放り投げるためだけに、あの場所へ来たかのようだ、とアレックスは思った。

それからふたりは道を走り、パサージュに飛び込んだ。

なんとなく妙な気がして、アレックスは外に出て――そのときリリーベルの悲鳴があがった、というわけだ。

相手は三人だったが、すぐに退散した。アレックスは強面《こわもて》ではないが、ケンカにはまあまあ強い。

……しかしまさか、そこで、自分の財布がすられるとは……。

アレックスは長い前髪に右手を突っ込み、がっくりと肩を落とした。

アーブル市へ来て二年たつが、まだまだ甘かった。世間は自分が思っているよりも厳しい。

「……たぶん、すりだったとしたら、娘じゃなくて、あの男たちのほうだと思う」

アレックスはため息をこらえつつ、ビクトルに向かって言った。

ビクトルは、生粋《きっすい》のアーブル育ちの青年である。ブルジョアの御曹司《おんぞうし》だが、案外抜け目がないし、人なつこい性格もあって、顔は広い。

「そんなのわかるもんか。その男たちと、娘と子どもがぐるってことも考えられる」

ビクトルは大げさに首を振った。

「そこまでして俺の財布が欲しいものか？　十フランだぞ」

「彼らには、何か別のもくろみがあったのさ。おまえが何かの邪魔をしたんで、腹いせに財布をとったんだろうよ」

ビクトルはしたり顔で言った。

ビクトルは陽気なフランス人だ。太陽に愛されたような茶色い髪（本人は金髪と言い張っている）に、灰色の瞳、背はアレックスより少し低いくらいなのだが、どちらかといえば細身のアレックスと一緒にいると、たくましく見える。

この街で親しい友人など作るつもりもなかったのだが、なんとなく知り合って、仲良くなってしまった。

アレックスにとってみれば、一介《いっかい》の労働者《プロレタリアート》である自分に、ビクトルのような金持ち《ブルジョア》が分けへだてなくつきあいたがるというのが不思議で仕方がない。これがフランス人の博愛精神というものか、と感心してしまうのである。

そして、この町のブルジョアといえば、ビクトルだけではない――。

きゅうん、と犬の鳴き声がした。

「それにしても、三人を相手に出来るなんて知らなかったわ、アレックス。荒事に慣れているっていうのは本当だったのね」

アレックスが憮然《ぶぜん》として紅茶を口に運んでいると、横から声がかかった。

「マリー！」

ビクトルが顔を輝かせ、立ち上がって向かいの椅子《いす》をひいた。

アレックスのこの街での二人目の友人――マリーだ。

マリーは愛犬のグリフォンテリア、ソレイユを地面に放しながら、ふたりを見た。

ビクトルがだらしなく頬《ほお》をゆるめる。

輝く金の髪をさらりと結い、肩に落としたマリーは、きれいだった。

明るい青の瞳に、薔薇の花びらのような頬。クリーム色のドレスがよく似合っている。大切に育てられた夏の花のようだ。

十八歳――アレックスより年下なのだが、大学を出たはずのビクトルをあしらうのもお手のものだ。可憐《かれん》な見かけに反して、賢い少女なのである。

ビクトルはビクトルで、紳士らしく椅子《いす》をひきながら、ちゃっかりと自分の側に椅子を引き寄せることも忘れない。ふたりは遠い親戚《しんせき》らしく、こういう攻防を昔からやってきたようだった。

今日、マリーの家へ行こうと誘ってきたのも、ビクトルだった。ビクトルは何かといえばこの家を訪ねる機会をうかがっているのだ。

たまたまビクトルがアレックスの店を訪ねてきたので、リリーベルとレッドと自分の財布のことを話すと、ビクトルは女心のことならマリーに聞いてみればいい、と無理やりこじつけて、さっそく訪問の約束をとりつけたのである。

「――ごあいさつがまだだわ、アレックス?」

「おひさしぶり、マリー・フォンテーヌ。それとも、トロワと言ったほうが?」

アレックスは言った。

マリーは本名を隠して小説を書いている。マリー・トロワというのはその筆名だ。

「いまはフォンテーヌでけっこうよ、アレクサンダー・アヴェガヴェニィ。あなたのほうがよほど、変わった名前だわ」

マリーが優雅に椅子に腰かけながら、やり返す。

アレックスは紅茶のカップを置いて、苦笑した。この街で、アレックスの大げさすぎる本名を忘れていないのはマリーだけである。

「ああ、またふたりだけで会話をして！　ビクトル・ポールブールドも忘れないでほしいな、マリー」

「忘れるわけがないわ。あなたはわたくしに元気をくれるんですもの、ビクトル」

「そうそう、あなたに元気をあげることだけを喜びにして生きていますよ、マリー」

ビクトルは言った。どこまでが本気なのかわからない。

「それで、その女の子の名前は？」

マリーの胸には、ソレイユの短い黒と白の毛がついている。それをていねいにとりのぞきながら、マリーが尋ねた。ここまで来る間に、会話をきいていたらしい。

メイドがマリーの前にカップを置く。

「リリーベル・シンクレア。それから、弟のほうはレッド。たぶん旅行者」

「どうせ偽名だよ、マリー。変な名前だ。きっと、男たちでなくて、彼女のほうがボスだ」

「風変わりといっても、かわいいおじょうさんだったんでしょう？　あなたがそんなにこだわるからには」

「……別に、こだわっているわけじゃない。財布を返してもらいたいだけで」

アレックスはぼそりと言った。

半分は事実である。リリーベルとレッドのことも気にかかるが——だからこそ名前を訊いてみたわけだが、いちばんこだわりたいのは、財布なのである。

正確には、財布の中にいれておいた、古ぼけた写真。

あれこそ、アレックス以外の人間には何の価値もない。

「お財布に何か、秘密のものでも隠してあるの?」

マリーが言った。案外、めざとい。

アレックスがマリーを見ると、マリーはにっこり笑った。

「でも、だからといってお財布が帰ってくるってものじゃないわね。そのかわいい女の子、リリーベルちゃんは、何か手がかりになるようなことは、話していなかったの? 思い出してみて。暴漢に襲われたところに、王子さまが助けに来たんですもの。女の子ならぼーっとなっちゃって、何かぽろっと言ってしまうはずよ」

「ロマンス小説の読みすぎだよ、マリー。いや書きすぎか」

ビクトルが茶々を入れる。

「……エレーナ」

マリーに触発されるように、アレックスはぼそりと答えた。

エレーナさま。

リリーベルが口にした名前のことを、アレックスは覚えていた。

ビクトルにリリーベルのことを話してみようと思ったのも、それがあったからなのである。

リリーベルのドレスは高級なものだったし、町のチンピラならともかく、社交界の人間については、アレックスは詳しくない。

それに——気にかかるのは、リリーベルだけではない。

あの無愛想な少年——レッド。

顔立ちはまるで少女のようだったが、大きな瞳に、どこか不吉なものを感じた。

暗くなりかけていたのでよくわからなかったが、濃いワインのような紅色をしていなかったか……。見たこともない色だ。

妙な予感がした。あの男たちを見たときよりも、胸がざわついたくらいだ。

アレックスのこういう勘は、けっこう当たるのだ。

「エレーナ？」

「それって——エレーナ・ヘンリエッテ・ヴォルネーさまのこと？」

アレックスの心も知らず、ふたつの声が重なって、尋ねてきた。

アレックスはふたりを見た。

「——知ってるのか？」

「知ってるというか……その女の子が、エレーナ姫のことを、何か言っていたの？」

マリーまでが、姫と言った。

ビクトルは長いまつげをまばたかせ、笑顔を消してアレックスの言葉を待っている。そうしていると、いい男と言えなくもない。

エレーナ・ヘンリエッテ・ヴォルネー。

アレックスは自分の記憶を探ってみる。どこかで聞いたことがあるような気がするが、それほど驚くような名前なのか。

「知り合いになる機会だった、とリリーベルは言っていた。判断が遅れた、ためらわなければよかった、と悔しがっていた」

「知り合い……になる機会？」

ビクトルが首をふり、マリーと目を見交わす。

「エレーナ姫と、二人連れの旅行者が、道端でどうやって知り合いになるっていうの？」

「わからないが。何か目的があって、それが失敗したようだった――」

言いながら、アレックスは思い当たる。

「そういえばあのとき、近くに馬車が停まっていた。二台」

「二台？　あなたの店の前で？」

「一台は路地の中。人目につきにくい場所だが、俺の店は向かいだから見えるんだ。一台は公園正面の入り口。リリーベルが目指していた場所だ。わりとものものしい感じで……あれが、エレーナの馬車だったのかもしれない」

「――どんな馬車だ？　紋章《もんしょう》は？」

「隠れていて見えなかった。だが――そうだな、王族か貴族のものだと思う」

「隠れていて？　隠していて？」

「隠して――いたかもしれない」

アレックスはちらっと見ただけの馬車を思い出し、注意深く言った。

アレックスは労働者《プロレタリアート》だが、金持ち《ブルジョア》相手の客商売をしているので、見る目はそこそこある。本物の王侯貴族か、成金《なりきん》かを見分けるくらいは。

「ということは――やっぱり本当だったんだな、マリー。エレーナがアーブルに滞在するっていうのは！　まさか、もう来ているのか？」

「ビクトル」

マリーがとめたが、間に合わなかった。

アレックスは目を軽くすがめて、聞き返す。

「エレーナ・ヘンリエッテっていうのは……どこかの王族か何かか？」

マリーがため息をつき、あきらめたように口を開いた。

「エレーナさまは、ベルギー王妃《おうひ》さまの姪《めい》よ。そして、オーストリア公爵《こうしゃく》ヨーゼフの孫。父親は王族じゃなかったと思うけど……本物のお姫さまだわ」

「ベルギーのお姫さま？」

アレックスはつぶやいた。

リュクソワール、ベルギー、モナコ、ヴェルヘル……フランスの周辺にある、いくつかの国の名前が浮かぶ。

そういえば、エレーナという名前も、貴族のゴシップ好きな誰かが話題にしていたのを聞いたことがあったのだ。やっと思い出した。

「年齢は十七歳。わたくしよりひとつ下ね。旅行がご趣味で、今回はおしのびでアーブルに来ることになったの。このことは内緒なんだけど、おとうさまとわたくしには、おにいさまからお知らせが来ていたのよ」

マリーは言った。

マリーの父、ベルナール・フォンテーヌはアーブルの市長である。兄のテオドール・フォンテーヌはパリの第三共和国議会の議員。

マリーはこの地方の名士の娘、ということになる。

「エレーナ姫はとても美しくて、まだ、婚約者もいないんだよ、アレックス」

ビクトルがつけ加えた。ビクトルにとっては、いちばん大事なのはそこらしい。

「だが、どうしてまた、アーブルに？　パリじゃなく」

アレックスは尋ねた。

アーブル市は開放的で美しい街だが、伝統があるわけではない。マリーやビクトルを含め、いわゆる社交界の中心になっている人間だって、三代さかのぼった家柄は怪しいものである。

革命でパリから流れてきた裕福な階層の人間や、財産を失って外国から流れこんできた貴族、怪我《けが》をして静養している軍人、彼らの財産をめあてに、一発あててやろうともくろむ労働者《プロレタリアート》くずれなどが集まって、あちこちの屋敷で、園遊会だの、舞踏会だの、賭博《とばく》だのにあけくれるのを、アーブルでは社交と呼んでいるのだ。

世紀末には、波が起こる。十六世紀にはイタリア、十七世紀にはイギリスとの抗争、十八世紀はフランス革命。そしていま、十九世紀の終わりがけに、じわじわと別の革命が起ころうとしている――というのは、故郷イギリスから逃げようとして、逃げ切れなかったアレックスが身をもって感じていることである。

その波をまともに受けて、変わっていこうとしている、いかがわしい新興の街、アーブル市に、本物の高貴なお姫さまがやってくる――というのは、確かにセンセーショナルなことである。

「理由があるのよ。エレーナ姫のような人が行きそうもない街じゃなきゃならなかったの」

「一時的に、身を隠す必要があるとか？」

アレックスが言うと、マリーとビクトルはちらりと顔を見合わせた。

ビクトルが肩をすくめる。

走り飽《あ》きたらしいソレイユが、足もとにじゃれついてくる。黒と白のまじった毛糸玉のようだ。アレックスはソレイユを抱き上げて、ひざのうえに抱いた。

「鋭いわね、アレックス」

「この街にはそういう人間が多い。俺は誰にも言わないよ。誰から身を隠しているんだ？」

「王弟フランター伯フィリップさま……エレーナ姫の叔父《おじ》さま、ベルギー王太子。政治の中心にいるって意味では、ベルギー王レオポルド二世よりも重要かもしれないわね。彼はエレーナさまの後見人なのよ。どうやら、とてもかわいがっているようだわ」

「ベルギー王弟？」

「――マリー」

今度はビクトルがかすかにとがめるような顔をした。

マリーは気にせず、開き直ったように続ける。

「アレックスは口が固いわよ、ビクトル。それに、本当に行方《ゆくえ》をくらます必要があるのは、あと一週間……いいえ、三日かそこらだけだもの。もうすぐフィリップさまは外遊に出かけてしまって、秋まで帰らないんだから」

「かわいがられているのに、逃げているというのか？」

アレックスは尋ねた。

「かわいがられているからこそ逃げたいのよ、アレックス。フィリップさまは、エレーナさまを一緒に外遊に連れて行きたいの。エレーナさまは美人だし、自慢のお姫さまだから、外遊のついでにどこかの有力な王族と見合わせて、結婚させたいのよ。小さな国ではあたりまえの考えね。でも、エレーナさまはいやがってる」

「エレーナ姫のご両親は?」

「エレーナさまのおかあさまは、エレーナさまを産んですぐに亡くなったし、おとうさまはヴェルヘル王国に住んでいて、再婚して新しい家庭を作っているはず。エレーナさまは、生まれてそのまま叔父さまに引き取られて、おとうさまとの交流はないのよ」

「これまで育ててやった恩返しに、どこかの国の王子と政略結婚しろ、いやいや、まだ若いのにそんなことしたくないわ、ってわけだよ。そりゃそうだ、美女には結婚するまえに楽しむことがたっぷりとある」

「でも、実の両親じゃないから、面と向かっては逆らえない。もちろん、それ以外にも事情はあるんだけれど」

「……なる……ほど……それで、姿を隠しているのか。お姫さまも大変だな」

アレックスはつぶやいた。

フランスは第三共和国憲法が制定されて安定したとはいえ、まだ欧州《おうしゅう》の政情は安定しているとは言いがたい。王族なら国家のために結婚をするのは当然だろうが、十七歳の娘なら反発もしたくなるというものだろう。

アレックスの胸にいるソレイユに、ビクトルがミルクをなめさせている。ソレイユは人間といるのも飽きたらしく、ぴょんと飛んで芝生《しばふ》の上を駆け出して行った。

「大変よ。エレーナさまはフィリップさまから逃げたいけど、恩もあるから逃げられなかったんだわ。そのことをききつけたおにいさまが、エレーナ姫に、アーブルの滞在をすすめたの」

「テオドール氏が、どうして?」

「おにいさまは、アルベールさま——これは、フィリップさまの息子さん——つまり、次の次のベルギー王ってわけだけど——の学友なのよ」

また違う名前が出てきた。アレックスは少し間をあけて、尋ねた。

「……なるほどね。アルベールっていう男は——エレーナ姫とどういう関係?」

ビクトルが、にやりと笑った。

「エレーナとアルベールは、もちろん恋人同士だ、アレックス」

「父親の目を盗んでつきあってるってことか」

「そういうこと。というより、はっきりいって反対しているのはフィリップ王太子本人だけだ。交際しちゃいけない理由が見当たらないんだよ」

ビクトルが大げさに手を空に降って、チョコレートを口に放り込んだ。

「アルベールはいずれ王位を継ぐし、エレーナ姫は人望厚い王妃《おうひ》とそっくりだからね。ふたりが結婚すれば、建国以来の平和がさらに数十年続く、とみんな思っているのさ。アルベールはエレーナよりも五歳上、独身。平和主義で、見た目は父親に似ているけど、彼の欠点である強引さがない。いい男だってことだ。俺ほどじゃないけど」

「おにいさまには負けるわよ、ビクトル」

「ああ！　ひどいなマリー、清く正しく美しいあなたの兄、テオドール・フォンテーヌは確かに、アーブルの誇りですがね！　アーブルの経済は、ちょっぴり欲張りで二枚目半のビクトル・ポールブールドの肩にかかってるんですよ！」

ビクトルは言った。ビクトルはこの街でいちばんの船会社の息子なのである。

ふたりのいつものじゃれあいを眺めながら、アレックスは紅茶に口をつける。

「テオドールはどうして、そんな大事なことをマリーに打ち明けたんだ？」

アレックスは尋ねた。

「エレーナさまがアーブルを訪れたら、大騒ぎになるまえにわたくしがお友だちになって、社交界で、さりげなくかばってやってくれってことだと思うわ。いくらまわりをかためても、おしゃべりな女性たちの口をふさぐことはできませんからね。アーブルは、その……パリと違って、ちょっとさわがしいから。おにいさまは、頼まれたからには責任を持ってエレーナさまを守るわ。わたくしも協力しなきゃ。エレーナさまには誰も近づけさせないわ」

「テオドールはマリーを信頼しているからな」

ビクトルが言った。少し悔しそうである。

「――ということは、リリーベルのことも、テオドールにすぐ知らせる？」

アレックスは尋ねた。

「ええ、もちろん。これからパリに手紙を書くわ。もしリリーベルがフィリップさまから命令を受けていたり、まったく違う、エレーナさまを狙っているほかの国の人たちだったりしたら。大変なことですもの」

マリーは当然のように答えた。

「……そうか」

アレックスはつぶやいた。

テオドール……マリーの兄とは会ったことがない。マリーは会わせたがっているが、これまで避けてきた。

将来有望、非の打ちどころのない清廉潔白《せいれんけっぱく》な青年政治家などという人種にアレックスは興味がないのである。

テオドール・フォンテーヌはアーブルの誇り、と呼ばれているのは嘘ではなく、マリーは兄を尊敬している。

……知らせたくないな、とちらっと思った。

リリーベルとレッドはただの旅行者ではなかった。どこか切羽詰《せっぱつ》まっているような雰囲気《ふんいき》すらあった。子どもだろうと女性だろうと、ああいう人間たちのやりかたには、他人が口を出すべきではないのだ。

「テオドールは、エレーナ姫がアーブルに来る日程とか、馬車の経路まで計画をたてたのか？」

テラスのすみをくんくんと嗅《か》ぎまわっていたソレイユが、尻尾《しっぽ》をふりながら開け放たれた客間に入っていく。アレックスは立ちあがり、ソレイユのあとを追う。

マリーはアレックスのあとをついてくる。

「いいえ。おにいさまだってアーブル市を紹介しただけで、細かいことは知らないと思うわ」

「それならどうして、リリーベルは、エレーナ姫があの場所にいることを知っていたんだろう。リリーベルとレッドがあそこにいたのは偶然じゃない。明らかに知っていて来たように思えた」

「そうね。それは、わたくしも気にかかるわ。どうして知ったのかしら？」

マリーが首をかしげる。

アレックスは客間に入った。

火の入っていない暖炉《だんろ》の前で、ソレイユを抱き上げる。ついでに、暖炉の上にある写真立てを手にとった。

少し色あせた、家族の写真――。

アーブル市長のベルナール、その妻イザベラ、長男テオドール、長女マリー。

ごく一般的な、フランスの片田舎《かたいなか》に住む、ブルジョアの一家の写真だ。

テオドールとマリーはよく似ていたが、髪だけは、同じ金髪でもテオドールのほうが少し薄いようだ。

瞳は、マリーと同じということは、澄んだ蒼《あお》だろうか。やや女顔だが、背が高いので女々《めめ》しさは感じない。肖像画《しょうぞうが》のような美貌《びぼう》の青年だ。ビクトルがうらやむのも無理はない。

……やっぱり、つまらんな、と思った。

「おにいさまのことが気にかかるの、アレックス？　それとも、リリーベルのほうが？」

「いや。リリーベルが何をするつもりだったのか、それから、なぜあの場所を知っていたのか不思議に思ってるだけだ」

アレックスは言った。

アレックスは写真を置き、客間を出る。芝生《しばふ》の上にソレイユを放すと、ソレイユは転がるように芝生の上を走っていった。

「――リリーベルが、誰かと通じていて、エレーナさまの馬車が通る場所を知ったってこと？」

マリーが尋ねた。

「か、彼女の友人の、まったく別のエレーナ嬢だったかってことだ。名前違いってこともある。俺が見た馬車がベルギーのお姫さま、エレーナ・ヘンリエッテのものだっていう証拠はない」

アレックスは言った。

テーブルでお菓子を口に運んでいたビクトルが、それを聞いて腕を組む。

「まあ、そうだな。そもそも公園に居合わせただけじゃ何の意味もないしね。エレーナ姫のまわりにはそれなりの側近がいるだろうし、決死の覚悟でぐいぐい出ていく気でもなきゃ、知り合いにはなれない」

「それか――ふたりに面識があったかね。リリーベルはエレーナの昔の友人か、使用人だった」

ビクトルがつぶやくと、マリーが助け舟を出した。

ビクトルが瞳を輝かせた。

「そうか！　それはあるかも。リリーベルはいいドレスを着ていたんだろう？」

「――ああ」

「たとえば、リリーベルは、革命で逃げ出したもと貴族の子孫。エレーナ姫とは子どものころに知り合いだったことがある。しかし今は昔、時代の流れで、いまや下町でくすぶっている。そんなリリーベルは年頃になり、一念発起《いちねんほっき》した。昔のよしみのお姫さまに、道端で目をとめてもらって、社交界に誘ってもらおうとしたんだ。うん。これだ。これしかない！」

「考えられることだわ。パリじゃとても近づくことはできないけれど、アーブルなら、エレーナさまのお気持ちひとつで、ご招待されるチャンスがあるもの。きれいな子だったんでしょう?」

マリーはビクトルの意見に、珍しくうなずいた。

「——顔はよく見えなかった。まあ、かわいいほうかな」

「だったら俺の予想のとおりに違いない。リリーベルだな。いい名前だ。下はなんて言ったたっけ?」

ビクトルが興奮して尋ねた。ついさっき、偽名だの、変な名前だのと言ったことをすっかり忘れている。

「……シンクレア」

気がすすまなかったが、アレックスは答えた。

「イギリス人?」

「——たぶん。いや、わからないが」

アレックスは言った。

ビクトルは眉《まゆ》をひそめて、考えている。こういうことには目ざといのだ。アレックスがいなくなったら、すぐにありったけの紳士録をひっぱりだすのに違いない。

風が吹いてきた。アレックスはビクトルが食べていたテーブルの上のチョコレートに手を伸ばし、口の中に放り込む。

新興の町だろうがなんだろうが、アーブルはなんといっても、魚とお菓子だけはうまい。

「エレーナ姫が来ているとしたら、宿泊先はわからないか、マリー？」

ビクトルがマリーに尋ねると、マリーは首をかしげた。

「おにいさまは何も言わなかったわ。おとうさまに尋ねてみてもいいけど、この家に泊まるのだったら、おとうさまはわたくしに真っ先に言うはずだと思うわ」

「ホテルは？」

マリーは考え込んだ。

「このあたりでエレーナ姫が泊まるクラスのホテルといえば、ウイズリーホテル、ジョルダンホテル、ホテル・ラ・ボンヌのあたりかしら。あの道を川に向かって走るなら、ウイズリーは通り過ぎてるわね。ラ・ボンヌは小さすぎるから、来てたらすぐにわかっちゃうわね」

「目立ちたくないなら、ジョルダンホテルのほうかな」

「そうね。少し郊外だけど、レストランとか、お店なんかも中にあるし」

マリーは言った。

大事なことを他人に考えさせることが得意なビクトルは、腕を組んだ。

「ということはまずホテル・ラ・ボンヌ。それからジョルダンホテルに行ってみればいいってことかな、アレックス」

やがておごそかにビクトルは言い、ゆっくりと首をまわして、アレックスを見た。

アレックスはぎくりとした。

こんなふうにビクトルが切り出すときは、ろくなことがないのだ。

「――そうね。エレーナ姫が気にかかるわ。リリーベルがもし、悪い人たちだったら大変。おにいさまはわたくしを信用して打ち明けてくれたというのに」

マリーが深くうなずき、同じようにアレックスを見た。

「しかし、残念なことに、俺は仕事があるんだ。最近は船が増えたので、なかなか忙しくてね」

「まあ、わたくしは執筆しなくてはならないのよ。細々ながら、わたくしのロマンス小説を楽しみに待っているファンがいるわ。ほかのことに時間をとられて、期待を裏切るわけにはいかないわ」

「……俺だって仕事が」

アレックスの言葉をさえぎって、マリーがかぶせるように言う。

「本当はお勤めしたくないって行ってなかった? アレックス。カジノ・アンプラセのほうは、毎日にでも来てほしいでしょうけれど」

「そうか、アレックスはいま、たまたま暇なのか。それはまさに適任者だな」

アレックスの弱々しい反論はすぐにふさがれた。ふたりはアレックスを見つめ、アレックスは口をつぐむ。

　仕事のことを言われるのは痛い。

　アレックスだって、本当なら、ほとんど客の来ない英国風パブのほうを本業にしたいのだ。

「エレーナ姫に失礼なことがあったら、アーブルの信用にかかわる。これは、アーブルの未来を左右する重要なことだよ」

　アレックスがつまっているのを見て、ここぞとばかりにビクトルが言った。

「俺が失礼なことをしない、という保証はないぞ」

　マリーが首を振った。

「そんなことはないわ。アレックスなら大丈夫。上流階級の人たちにはカジノで慣れてるでしょ。アレックスはどういうわけか女性に好かれるし、お会いしたら悪い印象はもたれないと思うわ。そういえば、エレーナさまはロマンス小説をお好きだって聞いていたのよ」

「それは初耳だ。ちょうどいい。アレックスは優雅さには欠けるが、パリの社交界にはいないタイプだから、アーブルらしさをアピールできる」

　嘘をつけ！　エレーナ姫のことが公《おおやけ》になるまえに、居場所を探ってきてほしいだけだろうが！

　とアレックスが言おうとする前に、マリーがもう一度、口を開いた。

「アレックスは大事なお財布《さいふ》を取り戻さなきゃならないんでしょう？　そのリリーベルって子

も、エレーナ姫のそばにいるのかもしれないわよ」

「財布をとったのは、リリーベルじゃなくて——」

「シャラップ、もうそれ以上は受けつけないよ、アレックス」

指を一本たてて、ビクトルが言った。

「ジョルダンホテルまで車《ベンツ》を出してやるよ、アレックス。経費は俺が払おう。リリーベルって子のことは、おまえだって気にかかるんだろう？　おまえが女の子の話を出すなんて珍しいからな。実は俺も興味がある」

マリーがちらっとアレックスを見る。

何か言いたそうだったが、言わなかった。

「——まあ、そうだが……」

「だったら、何も問題はない。もしもエレーナ姫と知りあいになったら、俺に知らせてくれ。そこから先は俺がやるから」

「結局、そっちか」

アレックスは観念して、テーブルにひじをつき、前髪に右手を突っ込んだ。

ビクトルはすっかり満足して、ソレイユに骨を投げている。ソレイユがそれを追って走り出す。元気な犬なのである。どことなくビクトルに似ている。

どだい、口から生まれたフランスの人間に、イギリスの男が勝てるわけがない。

だが、ふたりが背中を押してくれたことで、ほっとしている自分もいる――。

4　運命の再会……か……？

「——すごい庭園だわ。アーブルの中心からはずれている分、広くできるってわけかしら」

リリーベルはジョルダンホテルの玄関を出て、庭園の敷石の上を、ゆっくりと歩いていた。

髪はゆるく結っただけで、白いつばの広い帽子の下に垂れている。

ドレスだけは昨日のままだ。家庭教師のときのドレスを着るわけにもいかない。着替えがないのが痛い。

毎日同じというわけにはいかないので、ころあいを見はからって、どこかの仕立屋でドレスを仕立てようと思う。請求はホテルにつけてもらえばいい。

「いちばんきれいなところには、入れないみたいだけどね」

リリーベルのとなりにいたレッドが答えた。

レッドは昨日と同じ格好だが、胸のリボンを細いボウタイにしている。

あいかわらず愛想はないが、ジョルダンホテルのいいベッドで眠ったせいか、きげんはよかった。すっきりした顔をして、瞳も静かだ。赤い髪が風になびいて、少年らしく、きれいだった。

「あら」

リリーベルはレッドの視線の先を見る。

庭園はいくつかの区画に区切られているようだった。

リリーベルのいる場所は、ホテルの玄関からつながっている前庭。誰でも入れる場所だが、レッドが見ているのは、中庭にあたる部分だった。間はきれいに整えられた薔薇園《ばらえん》になっていて、いまは夏の薔薇がぽつりぽつりと咲いているだけだ。

風が吹いて、薔薇の葉の向こうに別の道が見えた。

こちらからはつながっている道がない。どうやら、特別の入り口でもあるらしい。

リリーベルは、あたりに誰もいないのを確かめてから、こっそりと薔薇の葉を掻《か》き分けた。

向こう側の庭には、海が見える。

庭園から海を見下ろすことができる、絶景の場所なのだ。

海――。

リリーベルは空を見る。今日は晴れている。

「……要は、あっち側は上流階級の人間の庭で、わたしたちみたいな人間には見せてやれない、ってわけね……」

「あ、リリーベル！」

レッドがとめるより先に、リリーベルはたるんだ手袋をひきあげて、薔薇園の葉を掻《か》き分けはじめていた。

薔薇のとげは抜いていなくて、ところどころドレスにひっかかったが、知ったこっちゃない。

急に、リリーベルは海の向こうを見たくなったのだ。

ふたつの庭の間には、塀《へい》や鍵《かぎ》があるわけでも、立入禁止と書いてあるわけでもない（それこそが見えない壁なのだが！）。

広がるドレスをなんとかおさえつけて、リリーベルは分厚い薔薇を強行突破した。

悪戦苦闘したあげく、なんとか向こう側に出た。

頬《ほお》がかすかにひりひりする。

リリーベルは目を開け、庭を見回した。

一瞬だけ、空気が甘いような気がしたが、庭そのものは開放された場所と変わらなかった。

芝生《しばふ》と、色とりどりの花。人工の川と橋。

道の果てに、広い海が見えた。それだけが違う。

リリーベルはここがホテルの中であることも、自分がルールを破ってここにいるということも忘れた。道をまっすぐに歩いて、海へ向かう。

それも、ホテルの部屋からちらっと見える、ごたごたした港ではない。灰色がかった青、地中海の蒼《あお》とは違う、ドーヴァー海峡のくすんだ海。

そして、その百マイル先にある、平らな陸地――。

リリーベルは帽子をとった。傷ついた頰やドレスのことも気にならない。思い切り空気を吸い込む。

「――そこに誰かいらっしゃるの？」

そのとき声がした。

リリーベルははっとして、体を固くする。

可憐《かれん》な声だった。

リリーベルは振り返った。

リリーベルがさっきまで来た道を、ゆっくりと道を歩いてきたのは――昨夜、公園で見た少

女、エレーナだったのである。

「……おじょうさま、何か――あ」

と、同時に、少女の少しうしろにいた、黒髪の女が叫んだ。

「すみません、誰も入らないようにと申しつけましたのに。――あなたは、このホテルに泊まっている方ですか？」

黒髪の女はメイド用の制服ではなくて、青のシンプルなドレスを着ていた。

メイドというより、家庭教師か、お目付け役の侍女《じじょ》——少女よりは十は年上だろう。いかにも姫を守っている、というような、しっかりした風貌《ふうぼう》の女性だ。

見覚えがある。あの公園で、エレーナを守るように先に立って降りてきたのは、彼女ではなかったか。

「——マドモワゼル?」

侍女がリリーベルに話しかける。

不思議がられる前に——リリーベルは少し迷ったが、思い切って、言った。

「失礼ですが、エレーナ・ヘンリエッテさま?」

侍女の間に、ぴくりとしわが寄った。

エレーナがリリーベルを見た。

近くで見ると、思っていたよりもずっと華奢《きゃしゃ》で、はかなげな少女だ。

薄い金髪とよく合うシルクのドレスには詰め物をまったくしておらず、腰からすそにかけて、風を含んでふんわりと流れている。背中に羽が生えているといわれたら、信じてしまいそうだ。

侍女の目が厳しくなり、さっさと行け、いまなら見逃してやると言っている。

どちらに従うか。——言うまでもない。

リリーベルはエレーナの前にすすみ出て、ドレスを持ち上げ、優雅にひざを折った。

何回も、練習したとおりに。

エレーナはリリーベルを迷惑がってはいなかった。十七歳――リリーベルよりもひとつ年上だと聞いていたが、とてもそうは思えない。もっと幼く、さびしげで、少し退屈そうだ。おしのびの旅行を満喫《まんきつ》しているふうではなかった。

「わたくし、リリーベル・シンクレアと申しますわ、エレーナさま。お噂《うわさ》はかねがね。わたくし、あなたのお友だちになりたいとずっと思っておりましたの」

「――マドモワゼル、失礼ですが」

ずい、と侍女が割って入る。

「エレーナさまはいま、くつろいでいらっしゃるところなのです。社交でしたら、近いうちに機会がございますので、そのときに」

「イヴ、そんな言い方しないで」

エレーナがはじめて、口を開いた。

やわらかく、可憐《かれん》だ。声までも透明な少女だった。

「薔薇がついているわ、あなた」

エレーナは、歌うような声で言った。

「――薔薇――？」

リリーベルはエレーナの声に自分のドレスの胸もとを見下ろした。

さっき薔薇《ばら》のしげみを抜けたときの花びらがまだついているのに気付いて、あわててつまみあげる。エレーナが、かすかに笑った。

「薔薇がお好きですの、エレーナさま？　薔薇が何か、重要なきっかけになると思っていらっしゃる？」

リリーベルも笑い返しながら、言った。

エレーナははっとしたように顔をあげた。

そのときすばやく、鋭い声がリリーベルとエレーナの間に割って入った。

「マドモワゼル・リリーベル・シンクレア。どこの方ですか。アーブルに住んでいらっしゃる？　名前に覚えがありませんが」

イヴは早口で言いながら、エレーナをかばうようにして、前に立った。

リリーベルはもう一度会釈《えしゃく》し、なるべくていねいな口調で言った。

「アーブルの出身ではありません。わたくしはただ、エレーナさまのお友だちになりたいだけ」

「――フィリップさまから何か、言いつかってきたのですか？　やっと宮殿から離れたというのに、それほど、どうしてもエレーナさまを追い詰めたいのですか？」

「イヴ、やめて」

イヴは本気で怒っており、エレーナは泣きそうな顔になった。

がさがさと音がした。

薔薇のしげみだった。

イヴがはっとするより早く、レッドの赤い頭がしげみから出てきた。

リリーベルを追いかけてきたのだ。やっと道に出たらしく、ほっとしたように、首を振る。

白い頬にひっかき傷がつき、髪には小さな赤い薔薇の花びらを乗せていた。

レッドはゆっくりとリリーベルの前に歩いてきた。子どものくせに、やけに堂々としている。

「あなたは？」

エレーナはびっくりしたようにレッドを見つめ、尋ねた。

今度は、イヴも制止しなかった。レッドがここにいることは、リリーベルがいること以上に不思議なはずなのだが、そんなことが気にならないくらい、レッドはごく自然に出てきたのだ。

エレーナは青緑色の瞳をまばたかせる。

レッドに見覚えはないようだった。

やはりふたりに面識はなかったのか。それとも、レッドは覚えているのに、エレーナは忘れているのか――。

でも、ここで、エレーナに会うという目的は、かなった。薔薇だってよくわからないけど、関係していた。

レッドが言ったことは、やはり間違いじゃない。

「——レッド」

レッドは答えた。

本来の身分や名前は名乗らなかった。無愛想なのはいつものことだが、少しだけ、がっかりしているようにも見えた。

「——おじょうさま」

「イヴ、いいわ。人を呼ばないで。……リリーベルと言ったわね、あなたのお友だち?」

エレーナはリリーベルに尋ねた。

エレーナは突発的な出来事には強いようだ、とリリーベルは思った。見かけよりも肝《きも》がすわっている。

「弟ですわ、エレーナさま」

リリーベルは言った。

人に紹介するときは、弟ということにしているのである。

「——レッド」

エレーナはレッドの名前を転がすようにして、口にした。

レッドは頭を下げもせず、紅の瞳でエレーナを見つめている。

エレーナはじっと見つめ返す。

青緑色の瞳はまだ濡れていたが、怒っても、臆しても、不気味がってもいない。レッドを子どもだと馬鹿にもしていない。

いいお姫さまだわ、とリリーベルは感心した。身分を抜きにしても、お友だちになりたい。

レッドの国――生まれ育ったヴェルヘル王国を出たレッドが、最初にエレーナに会いたがったというのは、間違いじゃなかったんだわ、とリリーベルは思った。


「エレーナさまは、薔薇がお好きなんですわね。そのことをきいて、ぜひこの道を一緒に散歩をしたいと思っていましたのよ」

リリーベルは言って、ジョルダンホテルの薔薇の小道を歩きはじめた。

「リリーベル、あなたもこのホテルに泊まっているのね」

「ええ、わたくしはイギリス人なので、海の向こうが懐かしいんです。エレーナさまのお話も、きいたことがありましたのよ」

「失礼ですが、どこから」

「噂《うわさ》ですわ、イヴ。父はロンドンの社交界に出入りがありましたので」

割り込むようにして入ってくるイヴの質問に、リリーベルは答えた。

嘘ではない。数年前までは、の話だが。

イヴは、エレーナがいやがらないのでしぶしぶリリーベルのことを認めたようだが、ふたりを一定の距離以上には近づけさせなかった。

「薔薇は、好きだわ。フィリップ叔父《おじ》さまはあまり好きじゃないみたいだったけど」

「フィリップさまと申しますと、ベルギー王弟――フランター伯爵《はくしゃく》ですわね」

「ええ。以前、叔父様の猟犬が薔薇を踏み荒らしてしまったことがあって。叔父さまは猟が好きだから、薔薇のとげで猟犬が怪我《けが》をしたといって、そのことを怒っていたわ。いっそ薔薇を伐採《ばっさい》してしまえと」

「あの……ベルギー王と王弟は仲がよくて、おふたりとも有能な名君だとおうかがいしていましたけど。だからこそ、何の問題もなくフィリップさまは王太子に任ぜられたのだと」

「見かけはそう思われているわ」

「……えーっと……」

さらりと国王のよくない言動を暴露するエレーナになんと答えたらいいものか、リリーベルがへどもどしている間に、イヴがふたたび割ってはいる。

「――エレーナさま。もうよろしいでしょうか？　そろそろ、お客さまを受けつける準備をしなくてはなりません。いつまでもおしのびというわけにはいきませんし。テオドールさまのご生家には、最初に訪問しなくてはなりませんわ」

道は終わり、ホテルへ向かっていた。どうやらエレーナは別館を借り上げているらしい。リリーベルがいる本館よりも、小さいが豪奢《ごうしゃ》な建物だ。

「テオドールさまはまだパリにいらっしゃるのでしょう？」

エレーナはイヴに尋ねた。

「エレーナさまが滞在していらっしゃると知れば、すぐにアーブルにお帰りになるでしょう。テオドールさまは、今回のことでずいぶん、骨を折ってくださっているのです」

「そう……」

「テオドールさまには妹さんがいらっしゃいます。同年代の女性とお話ししたいのなら、そのかたに打診《だしん》してみれば、すぐに来ていただくこともできるでしょう」

エレーナはあいまいにうなずきながら、ちらりとリリーベルを――それから、リリーベルのとなりにいるレッドに目を走らせた。

レッドは黙っている。

ひとことも口をきかないのだが、エレーナはレッドのことが気にかかっているようだった。

不思議なものだ――とリリーベルは思う。身分を明かさなくても、同類であればわかるのだろうか。

レッドには愛想というか、無邪気さがない。少しばかり特異で、きれいすぎる容姿のせいもあって、そうやって静かにしていると、いたずらな妖精が子どものふりをしているようだ。

エレーナと、雰囲気《ふんいき》が似ている、と言えなくもない。

顔はまったく似ていないが。ふたりとも、どこかこの世のものでない感じがする。

イヴはそれが気にいらない――いや、少し気味が悪いのに違いない。さっきから、リリーベルにはうるさいけれど、レッドに対しては何も言わない。まるで、この場にいないことにする、と決めたかのようだ。

そんなふうに扱われることには慣れているし、お姫さまのお目付け役といえばこんなものだろう、と思いつつも、レッドは何も悪いことをしていないのに、とリリーベルは不快になる。

「お部屋に参りましょう、エレーナさま。あちこちにお手紙も書かなくてはなりません」

「ええ、そうね」

「わたくしもご一緒いたしましょうか」

「お庭まででけっこうですよ、リリーベル・シンクレアさま。エレーナさまがお会いしたくなったら、ご連絡いたします」

すかさず機会をとらえて言ったのに、イヴにはねつけられた。

こういうときこそ、どうしたらいいのか教えてもらいたくて、リリーベルはレッドを見つめるが、レッドはどこか沈んだような表情で、歩いているだけである。

「そんなに厳しく言わないで、イヴ」

「いいえ、いけませんわ、エレーナさま」

イヴはエレーナに、これだけは、というようにきっぱりと告げた。

中庭から室内に入り、渡り廊下《ろうか》を歩いていく。

リリーベルは、別館にはきっと入れてもらえないのに違いない。

それでも、エレーナと会う、という当初の目的は果たされたわけだが……。レッドの目的は果たされていない。

そもそも、エレーナと知り合いになれたのは、リリーベルの突発的な行動のせいだ。

「わたくしを誤解しないでくださいな、イヴ。わたくしは、ただエレーナさまと仲良くなりたかっただけなんですわ」

リリーベルは最後に、言ってみた。だめでもともとだ。

「ありがとうございます。でも、エレーナさまにはたくさんお友だちになりたがっている方がいるからけっこうですよ」

「では、迷子《まいご》の仔犬を探してあげますわ。迷子の――ヨアキムを」

リリーベルは言った。

イヴの顔がこわばった。

さっき以上に、厳しい顔になる。

「どうして、エレーナさまの愛犬の名前を、お知りになったんですか?」

「うわさですわ。——赤毛のスパニエル。どうして、そんな名前にしたのかと思って」

エレーナがふと、動きをとめた。

思い出したようにレッドの顔を見る。

しかし、レッドは何も言わない。

イヴがエレーナとの会話をさせてくれないのが残念だ、とリリーベルは思った。エレーナも気にはかかっているようだから、イヴさえいなければ、女の子同士の気安さで、打ち明けてもらえるのに。

迷子の仔犬のことだって、話してほしい、と思う。

必要なら、どこからでも探し出してあげる。

「うわさになるようなことではないはずですよ。あなたはこの街のまえはどこにいらっしゃったのです？」

「パリですわ。あちこちを旅行してまわっているんです。今回お会いしたのは偶然です。わたくしは、けして、招待状が欲しいとか、付き添い人《コンパニオン》になりたいとか、そういう下心なんて、……な……」

渡り廊下が途切れるまえに、ここぞとばかりにイヴにアピールしていたリリーベルは、言葉を止めた。

廊下の壁——立ち働くホテルのメイドと、上流階級の客たちに混じって、背の高い細身の男が立っている。

どこかで見たことがある、と思っていたが、かたわらを通りがかったところで、気がついたのだ。

黒いイギリス風のフロックコートと、黒すぐり色《キール》のネクタイに身をつつみ、妙な顔をしてエレーナとリリーベルを見ているのは——アーブルに来た最初の夜に、リリーベルとレッドを救った男、アレックスだったのである。


リリーベルがエレーナと別れて廊下に来ると、アレックスはそのままの姿勢で待っていた。

「——マドモワゼル・リリーベル・シンクレア。こんにちは。こんなところで会えるとは思わなかった」

アレックスは低い声でリリーベルに声をかけた。

無視をすることもできず、リリーベルは立ち止まる。

……気まずい。

エレーナの前で声をかけなかったのが、せめてもの温情というやつなのだろうが……リリーベルにしてみれば、アレックスに消えていてほしかったようでもあり、いてほしかったようでもあり、妙な気持ちである。

「――リリーベル」

レッドがリリーベルの袖《そで》をひっぱった。

あまりいい顔をしていない。エレーナのことを考えているのだ。アレックスがここで出てくるとは、予測もしていなかったのに違いない。

「部屋に戻ってて、レッド」

リリーベルは言った。

レッドは少し驚いたようだったが、それ以上は何も言わなかった。

アレックスの顔をちらりと見ただけで顔を逸《そ》らし、ロビーを戻っていく。

「――こんにちは、アレックスさま。偶然に恵まれましたわね。わたしこそ、また会うとは思っていなかったわ」

リリーベルはあらためてアレックスに向きなおり、軽く会釈《えしゃく》した。

「さっき一緒に歩いていたのは、ベルギー王妃《おうひ》の姪《めい》、エレーナ姫？」

アレックスはリリーベルの言葉を聞き流し、いきなり尋ねてきた。

「――そうよ」

とっさに表情をごまかせず、リリーベルはあきらめて答えた。

しらばっくれてもごまかしきれそうにない。内心はため息をつきたい気分だ。

エレーナも、イヴも、この旅はおしのびだから、ごく一部の人間をのぞいては知らせていないといっていたのに。使用人も限られた人間しかいないし、エレーナがロビーや庭園を歩いても、誰も、そこにいる美しい令嬢《れいじょう》が、ベルギーのお姫様だなんて、思ってもみないようだったのに。

レッドがいたからこそ会えたのだと思っていたのに、この男は知っているのだ。

「首尾《しゅび》よく知り合いになれて、何よりだな。あの晩の画策《かくさく》のあと、別のやりかたを試したか」

「そういうイギリス風の皮肉って、この国で聞くとすごーくいやな感じだわ」

リリーベルは言った。

アレックスは軽く肩をすくめた。

「国を意識しているつもりはないよ。本音だ。ただ、どうやって知り合いになったのか、あの場所でどうするつもりだったのか、知りたいとは思うが」

「そんなこと考えてもみなかったわ。今日も、エレーナさまとおしゃべりできたのは、ただの偶然なの。庭へ行きましょうか？　――そっちじゃないわ。そっちの庭は、わたしたちには入れない場所よ」

リリーベルは中庭に向かおうとするアレックスをとめ、そのままロビーに向かった。

玄関を出て、開放されている石の道を歩きはじめる。

高級ホテルの庭だけあって美しさには遜色《そんしょく》ないが、海は見えない。

アレックスはリリーベルの頰《ほお》を指して、言った。

「その傷はどうした？　あのときのものか？」

「違うわ。ちょっと、薔薇《ばら》のとげにひっかかれたの。すぐに治るわ」

リリーベルは答えた。

庭に入ったときに頬に小さなひっかき傷ができたのだ。リリーベルはおっちょこちょいなので（レッドによれば、「予測できない」ので）、この程度の傷はしょっちゅうだ。

エレーナにもイヴにもレッドも指摘されなかったのに、アレックスが気がついたと思うと、少し嬉しかった。

庭へ向かいながら、リリーベルはちらりととなりのアレックスを見る。

悪い人間ではない、と思う。

今日は無精《ぶしょう》ひげもなく、黒のフロックコート姿はなかなか板についている。

ときどき英語の混じる低くて甘い声といい、男ぶりは悪くない。

だが、金持ち《ブルジョア》ではない。彼らの使用人でもない。パリの底辺にいるような労働者《プロレタリアート》とも違うと思う。

アレックスはさっき、エレーナが通りがかるのを待っていた感じだった。

昨夜のリリーベルと同じだ。

「あなたこそ、どうしてこの場所へ来ましたの？　エレーナさまがいらっしゃることを知っていて？」

用心を残しながら、リリーベルは尋ねた。

「——まあ、そうだ。俺は知り合いにはなれそうにないが、友人に頼まれてね」

アレックスは答えた。

「そうだったの。誰も来ないうちに、エレーナさまともっと仲良くなろうと思っていたのに、けっこう知られていたのね。お客さまが押しかけるのも時間の問題だわ」

リリーベルはなんとなくがっかりしながら、言った。

ベルギーは新しい国だが、豊かで美しい。貴族、王族に興味を持ち、あわよくば知己《ちき》を得たい、と思っている人間はたくさんいるのだ。

「こんな小さい町でも、社交界の噂《うわさ》ってやつはあなどれないってことだ」

アレックスは感情のこもらない声で答えた。

どうやらアレックス自身は、エレーナにはあまり興味がないらしい。

「それより、こっちこそ訊きたい、マドモワゼル・リリーベル・シンクレア。エレーナ姫が、あの場所に通るってことを知っていたのか？」

「リリーベルでけっこうよ。あのとき、あの場所にいたのは偶然だわ」

「あの晩も偶然、今日も偶然。俺には、あのお姫さまには近寄るすきはないように見えたが、ベルギーの中心に、近い知り合いでもいるのか？」

「そんな人がいたら、もっと違うやりかたでお友だちになってるわ」

リリーベルは言った。

「やっぱり、近づくチャンスをうかがっていたってことか。あの公園に停まっていた馬車とは何の関係が？」

「関係はないわ。豪華な馬車だったから、エレーナさまがいるんじゃないかと思って近寄っただけ。違ったわ」

「すりの男たちは？　おまえの仲間か？」

リリーベルとアレックスはホテルの庭に出た。中庭ではあまり咲いていなかった黄色い夏の花が、太陽へ向かって咲いている。あたりには上品な夫人や、その夫たちがパラソルをさして散歩している。美しい眺めだった。

リリーベルはパラソルがないので、まぶしげに空を見て、白い帽子をかぶりなおした。

「いいえ。はじめてこの町に足を踏み入れたのに、あんな人たちと仲間のわけがないわ。あのとき、あなたが来てくれて本当に助かったわ。とても怖かったの」

リリーベルは素直に言った。

すり、と言われて、この男を見たときに、待っていた、と思った理由を思い出した。

リリーベルは、アレックスの財布《さいふ》を持っているのだ。

たぶん、ヴィンセントが寄こした男物の紙入れは、アレックスのものだ。

「あんな悲鳴をあげられたら、誰だって行くさ。男なら」

「当然のことをしたまでです、って感じ?」

「まあそうだ。これからは気をつけたほうがいい。あの道に限らず、夜、知らない場所を女性がひとりで歩くのは」

「ひとりじゃないわ、アレックス」

「あの男の子か。彼も無事だったか?」

ぶっきらぼうな口調に反して、アレックスは優しい——いや、紳士だった。レッドのことが気にかかっているようだったが(ちょっと勘のいい人間なら、みんな気にかかるのだが)、彼を見なかったことにしたり、好奇心だけを持ったり、不気味がったりはしていない。ただ、普通に心配していた。

アレックスは嫌いじゃない、とリリーベルはあらためて思った。

あなたも財布をすられたくせに——とからかったらどうなるかしら、とちらっと思ったが言わなかった。すりの仲間だと思われるのは心外だ。

しかし、財布は返さなくてはならない。

それ以上に、リリーベルは、アレックスともっと話したくなっていた。

レッドが、名前を訊いたら、「残る」と言うのは、こういうことなのかもしれない、と思った。

「元気よ。さっき見たでしょう」

「ああ。――弟？」

「そうね。レッドのことはかまわないで。それより、教えてもらいたいことがあるのよ」

リリーベルは話を逸《そ》らせた。

アレックスはリリーベルに顔を向ける。見上げると黒い前髪の間にオリーブ色の瞳がきらめいて、なかなかいい顔をしていた。

「俺に教えてもらいたいこと？」

「エレーナさまのことなんだけど――この町に来たことが公《おおやけ》になるまで、まだ数日あると思うわ。エレーナさまは落ち込んでいるみたいだから、元気づけてさしあげたいの。この町で、ご案内して喜んでもらえそうなところはないかしら？　公園とか」

リリーベルは尋ねた。いい機会である。

お目付け役のイヴには気にいられなかったが、エレーナはそうでもない。レッドについても、覚えはないが、なにかひっかかっているのだ。

すれ違った程度の仲でも、何かのはずみでレッドのことを思い出すかもしれない。

それに、リリーベルはエレーナの犬をつかまえなくてはならないのだ。

「――エレーナ姫と、会う約束をしたのか？」

「約束はしてないわ。でも、これからあるかもしれない。あなたはこの町に住んでいるのでしょう？　穴場の見どころとか、知らない？」

「知らない。いや——」

アレックスは少し考えてから、言った。

「……トゥール川の手前にある。西の港が見える噴水公園なら、いいかもしれない。いまなら、午後の四時くらい。高台に白い花が咲き乱れている。丘上の屋敷の住人しか来ないから、人もいない。ロマ……ロマンティック、だ」

最後の言葉を言うときに、アレックスは言いづらそうに舌を噛《か》み、英語なまりになった。

「西の港の見える公園ね。わかったわ、ありがとう。——念のため訊くんだけど、そこの場所に、犬が来ることはあるかしら？」

アレックスは眉《まゆ》を寄せた。

「犬？」

「そう。迷子の犬の話とか、知らない？」

「——今のところ、知らない。散歩をしている人たちはたくさんいるが。それが、エレーナ姫に関係あるのか？」

「そう。もし何か思いついたら教えて。それから——」

「俺はあまり、女の子の喜びそうなことは知らないんだ。悪いが」

「意外かも」

「意外か？」

アレックスは不思議そうに尋ねた。

リリーベルはむやみににこにこしたくなる。

「だったら、喜ばせなくてもいいわ。このあたりで、仕立屋さんに心あたりはないかしら。これ一張羅《いっちょうら》なの。既製服《プレタポルテ》は好きじゃないから、なるべく早く仕立ててくれるお店がいいんだけど」

「俺が知るわけないだろう」

アレックスは怒ったように答えた。からかわれていることに気づいたらしい。

アレックスは庭から、直接厩《うまや》につながる道を歩いていく。ホテルには戻らないらしい。エレーナがいることを確かめたので、目的を果たしたのだろう。

このままでは、財布を渡す機会がなくなる。

リリーベルは迷ったが、アレックスについて横を歩くことにした。

「また会う機会があるかしら、アレックス?」

「おまえがエレーナ姫の近くにいるなら、俺の友人と会うことになるだろう。だが、そのとき俺はいない。そういう身分じゃないんでね」

「あら、残念だわ」

「会いたければ、セント・ヴァレリー通り沿いで店をやってるから、来ればいい」

アレックスは思いがけず、会いたければ、と言った。

リリーベルは嬉しかった。迷惑がられてはいない。知らない町で知り合いができた。

「どこの店だかわからないわ」

「わかるさ。英国式の店はそうはない」

「ワインよりもビールとウイスキー。こってりめのソースは嫌い？」

「そんなところだ」

「嘘ばっかり。店の名前は？」

「『運命の輪』」

「ありがとう。覚えたわ。英国式のパブね」

リリーベルは答えた。実際、覚えた。

昨夜のレストランで食べた、ひらめのバターソースは絶品だった。ルーアンのフルーツのパイも然《しか》りで、ドレスが仕立てあがるまで、毎日ひとつずつ、違う種類を食べ続けてしまったくらいだ。

アレックスがイギリスのどこにいたのかは知らないが、こんなに魚やデザートのおいしい場所にいて、この国の料理を否定できるわけがない。アレックスの店は、きっと閑古鳥《かんこどり》が鳴いているのに違いない、と思った。

アレックスは厩《うまや》を通り過ぎ、道の端へ向かっていく。

それを見て、リリーベルは目を丸くした。

アレックスは馬車には乗っていなかった。向かっていくのは、黒光りする最新式の高級車——頑丈そうなドイツ車だ。パリにさえ、そうはない。労働者がもてる車ではなかった。

「これ、あなたのものなの？　運転手は？」

リリーベルは、思わず尋ねた。

「友人のだ。運転手は断った」

アレックスは車のかたわらで、黒の革の手袋をつけながら答える。

風が吹いて前髪が乱れる。瞳が隠れると、少し怪しげな、昨日の夜の雰囲気《ふんいき》に変わった。

リリーベルはあとずさった。警戒心を取り戻して、アレックスを見つめる。

仲良くなりすぎたかしら、と思った。彼がどういう人間なのかわからない。ここまで話したのは、いいことなのか、悪いことだったのか。

レッドの言うとおり——彼の名前を「残し」たのは、予定になかったことだったのかしら、と思った。リリーベルの運命において。


「遅かったね」

部屋に戻ると、レッドは窓際の長椅子《ながいす》に座っていた。

清潔で広いが、このホテルの中では、それほどいい部屋というわけではないらしい。

部屋の片方の壁には扉があるが、鍵《かぎ》がかかっている。本来続き部屋なのを、閉じて寝室だけを使わせているのだ。窓が開いて、静かな風がカーテンをなびかせている。

レッドは温かいミルクのカップをかかえるようにして飲んでいた。

ふきげんそうに見えるのは、いつものことである。

「助けてくれた人だもの。むげにはできないわ。アレックスが現れることは、わからなかった？」

「うん。——エレーナと会うってことは、リリーベルが薔薇《ばら》の中に飛び込んでいったとたん、確定したけど」

「わたしが未来を切り開いたってわけなのね、いちおうは」

リリーベルは長椅子の向かいに腰かけた。

窓際からはほんの少し、海が見える。

「アレックスは、何しに来たの？」

レッドが尋ねた。どうやら、アレックスを受け入れる気にはなっているようだ。リリーベルはほっとした。

「エレーナさまがここにいるかどうか、確かめに来たのよ。友人に頼まれたって。でも、ガードが固くて近づけなかったみたい。わたしたちのほうが一歩先にいってるわ」

「——ふうん」

レッドが言った。

「――エレーナさまは、レッドの思ったとおりの人だった？」

リリーベルは尋ねた。

「――うん」

「レッドのことを、覚えては……いなかったみたいだけど」

「うん」

「いつ会ったの？」

「去年の実月《八月》。ヴェルヘルで」

レッドは言って、ミルクのカップをかたむける。これ以上は言いたくないのだ。

落ち込んでいるようだ。……レッドにも、こういう感情があるのだ。

レッドは、ヴェルヘル王国で寂しい少年時代を過ごしていたときのことは、ほとんど語らない。リリーベルも、家庭教師として勤めはじめてからのまわりからの伝聞で知っているきりである。

ヴェルヘルで式典でもあったとき、社交界デビューしていたエレーナがたまたま訪れて、レッドと話す機会があったのだろう。となりの国だから、縁戚《えんせき》という可能性もある。

「エレーナさまは偏見《へんけん》のない女性だわ。あんたのことも嫌ってはいない。きっと優しくて、素敵な人なのね」

「うん」

レッドはこれだけは、はっきりと答えた。

レッドはミルクのカップを放した。口のまわりに白いものがついている。リリーベルは手を伸ばしてレッドの口のまわりをぬぐう。

ついでにレッドの赤い髪に指を差し入れ、軽く梳《す》きながら、リリーベルは言った。

「エレーナさまは、どうしてアーブルに来たのかしら？」

リリーベルは尋ねた。

レッドはリリーベルに髪を触れられるまま、しばらくそのままでいた。

「いまは、はざまにいるんだよ。道を選ぶために、この街へ来た」

「なんのはざまにいるの？」

「愛と権力。『女教皇』の数字は2だから。常に、引き裂かれた反対のものと向き合う運命」

「…………」

リリーベルは目を白黒させる。

わかっているのかいないのか、レッドはときどき、平然となまなましい言葉を使う。

レッドの予言を読み解くのは自分の仕事とはいえ、抽象的な言葉は苦手である。

てっきり、迷子の犬がいる場所を教えてくれるのかと思ったのに。

「わたしは、どうすればいいの？　もし何をすればいいかわかってて、薔薇でも迷子の犬でも、探し出す必要があるのなら、わたしは必死になって探すわ、レッド」

レッドは下をむいている。

「それが、リリーの得になるから？」

ぽつりと尋ねる。

「違うわ。エレーナさまの力になりたいからよ」

リリーベルはレッドの伏せた長いまつ毛を見つめながら、答えた。

それから、レッドの。ヴェルヘルを出たときからずっと、あんたがエレーナさまにこだわっているからよ。

わたしは、あんたが望むことを、なんでもしてあげるのよ――。

そう思ったが、言わなかった。

ヴェルヘルを出る、というレッドの一方的に宣言を受け止めたその日から、リリーベルはただ、レッドについていくと決めたのである。

どうして自分なのかはわからないけれど――リリーベルはそんなに賢くもないし、エレーナほどの権力もなければ、美人でもないけれど――レッドが自分を必要である、と言ってくれたのなら、それだけで一緒にいる意味があるのだ。

レッドが前を向いた。

かちりとミルクのカップをテーブルに置いた。

風がやみ、カーテンがゆるやかに垂れ下がった。

リリーベルはレッドを見守る。

大丈夫なのか——不安になってまわりを見回す。部屋はしんと静まり返っていた。

レッドは目を開く。瞳孔《どうこう》が縮み、中央に小さな炎が燃えるようになる。

「……マリー」

つぶやくように、言う。

「マリー？　誰？」

「マリー。金髪。アーブルの女の人。リリーと同じくらいの。噴水のある公園で」

「——それはどこ？　緑《ヴェール》公園とは、違うのね？　場所は？」

レッドは前を見ている。

リリーベルは急いで、言い直した。

「……そこには、白い花は咲いている？」

「咲いている」

「薔薇《ばら》？」

「薔薇じゃない」

「犬は？　赤いスパニエルのヨアキムがいるの？」

「いる。……エレーナは二匹の犬に囲まれているんだ。そういう絵」

「二匹？　ヨアキムだけじゃないの？　どんな犬？」

リリーベルは聞き返した。

レッドは、答えなかった。聞こえないようだ。

上半身が、かすかに揺れてくる。とろん、と、波にさらわれるように。

「それから……男がいる。金の髪……青い瞳……名前は……」

レッドの瞳がうつろになっていく。

「レッド！」

リリーベルは大きな声で名前を呼び、レッドの目の間で、ぱしんと手を叩いた。

レッドがはっとして、顔をあげた。

「——リリーベル……」

「もういいわ。無理させて悪かったわ。疲れたでしょ。休みなさい」

「——うん、リリー」

「もっとミルクを飲む？」

「うん、リリーベル」

レッドは素直にうなずいて、目を閉じた。

ミルクのおかわりをもらうために、リリーベルはカップを持って立ちあがる。

実は、アレックスについても——これからアレックスがリリーベルとどう関わってくるのか、あるいは来ないのか、尋ねてみたかったが、それはやめることにした。

レッドは辛《つら》そうだった。

未来を意識して見るときはそうなる。

ルーアンのホテルでも同じことをしたが（それで、セント・ヴァレリー通りで待つことを知ったのだ）、浮かんできたものが見えてしまうのと、見えないものを無理やり見るのとでは、消耗《しょうもう》のしかたが違うようだ。

リリーベルはいたたまれなくなる。

レッドが辛い目に遭《あ》うのがいやだったからヴェルヘル王国を出て、苦労してここまで来たというのに、自分が辛い目に遭わせてしまったと思うと、どうしたらいいのかわからない。

5　薔薇《ばら》の姫と迷子の王子

エレーナはホテルの部屋にいた。

重いカーテンを閉めると、テーブルに布を敷き、使い慣れたマルセイユ・タロットを取り出す。

迷うたびに、カードに頼ってしまうのはよくない癖《くせ》なのだ、と思うけれど——。

エレーナのカード遊びは、誰も好ましく思っていない。大弟フィリップが認めないからである。彼にはカードを捨てられそうになったことすらある（フィリップはまるで、エレーナに憎まれたくて、わざといやがらせをしているかのようである！）。

『女教皇』——自分の未来について占って、はじめてそのカードをひいたとき、エレーナは、この国の王妃《おうひ》になるのだと決めたのに——。

フィリップは、エレーナを外国の王子に嫁《とつ》がせたがっている。

外交のため、というのは名目で、内心はエレーナを自分の息子と結婚させたくないのだと思う。

王弟フィリップは対外的には人格者という評判だが、いったん覚悟を決めたら、恐ろしく頑《がん》固《こ》で、冷たくなるのである。

エレーナが社交界デビューしたとき——もう大人になったのだから、ベルギーを出て、父が住んでいるヴェルヘル王国に住みたいと訴えたときに、断固反対して許さなかったように。

叔父《おじ》は嘘をつき、エレーナをヴェルヘルに帰さなかった。エレーナがヴェルヘルに帰る道はただひとつ、ヴェルヘルの王子と結婚する、という道だけだった。

その選択肢《し》は、一年前の夏、断たれた。——王子から婚約を断られて。

ヴェルヘルのヨアキム王子は、エレーナと、正式に会うことすら拒《こば》んだのだ。

祖父母がいるオーストリアには、何の郷愁《きょうしゅう》もそそられない。

だったら、エレーナの故郷はベルギーしかない。

エレーナがベルギーに住みたければ、アルベールの愛を受け入れ、王妃になるのがいちばん確かな道だ。アルベールは国民の人気も高いし、駆け落ちでもいったん結婚してしまえば、フィリップも認めざるを得ない。

それはわかっているのに——納得したからここへ来たのに、いざアルベールと会うとなると、受け入れることができなかった——。

ホテルの庭が見える。このホテルの自慢の庭らしい（が、パリ郊外や、ベルギーの宮殿にある庭とは比べるべくもない）薔薇園には、一般の客が入ることはできないようだ。

エレーナは、特別扱いは好まないというのに。

エレーナは気持ちを集中させ、ゆっくりとカードをめくった。

めくったカードは——『奇術師』。

正位置だ。悪い知らせではない。

エレーナは額に手をあてて、カードが示す運命の行方《ゆくえ》を考える。

「またカードをめくっていたのですか、エレーナさま」

そのときイヴが声をかけてきて、エレーナははっとして顔をあげた。

「——なんでもないわ。ただ、退屈していただけよ」

エレーナはいいわけするように言って、カードを袋に入れはじめた。タロットカードは他人に触らせてはいけない。

ジョルダンホテルに来てからというもの、イヴはずっとエレーナを心配している。

イヴには、エレーナがあの公園で、なぜ突然アルベールと会わないと言い出したのか、理解できないのだ。

まさか、あの公園に赤い薔薇が降ってきたから——どうしてか、あの花びらを見たら、この選択が正しいとは思えなくなったのだ、などと言っても、きっと納得しないのに違いない。

イヴはブラシを手にもって、エレーナのうしろに立った。

カードを袋に戻すとき、ちらりと、さっきめくったカードが目に入った。

（来年のいま、葡萄月《ぶどうづき》――）

ちりちりと、記憶が呼び起こされる。既視感《きしかん》がある。

一年前、ヴェルヘルで――。

エレーナは、父親の国を思い出した。

母親はエレーナを産んですぐに亡くなり、ずっとベルギーに住んでいたので、エレーナは父親の顔を知らなかった。フィリップの反対を押し切って、はじめて足を踏み入れたのは、去年――社交界デビューして一年目の夏だ。

なぜか懐かしかった。父親に会えるのだと胸おどらせて行った日。

新しい家庭を持っていた父は、とてもていねいに、エレーナの前にひざまずいた。

ベルギーの王妃の姪《めい》、エレーナさまが来られたことを、ヴェルヘル王国の大臣として歓迎します、と。

父親は、エレーナを娘であると認めなかった。

あのとき――辛《つら》さを誰も知られないように、声を殺して泣いているエレーナのもとへ、少年があらわれたのではなかったか……。

『奇術師』――そうだ、あのときも、エレーナはあのカードを見た。

彼は、エレーナをなぐさめた。

暗がりだったから、顔は覚えていない。

まるで獣のような、赤い瞳の少年。一年もたった今、彼が幻なのか夢なのか、エレーナに真実を告げに来た何かなのか、エレーナにはもうわからなくなっている。

だけど、薔薇《ばら》があった。あの薔薇だけは本物だった。

わたくしはあのとき、彼を信じた。わたくしは欲しいものを失っていなくて、彼がいうからには、かならず、望むものを手にいれることができるだろうと。

だから、わたくしははじめて、叔父《おじ》から逃げることができたのだ。

そして今、それが間違っていたのかもしれない、と、思っている。

彼がわたくしに伝えたかったのは。違う意味のことだったのではないか——と。

「アルベールさまからお手紙が来ましたわ、エレーナさま。この街にしばらくいるそうです。ご気分が落ちついたら、あらためて面会をしたいそうですわ」

エレーナが考えに沈んでいるのに気づかず、イヴはてきぱきと言っていた。

「当分、落ちつかないと思うわ。帰って、と伝えて。叔父さまが外遊に出かけてしまったら、アルベールも忙しくなるでしょう」

エレーナが感情のこもらない声で言った。

イヴはかすかにため息をついたが、そのひびきにはエレーナを責めるものはなかった。

「わかりましたわ、エレーナさま。——こちらへおいでなさいませ。髪を梳《と》きましょう」

イヴはエレーナを鏡の前に座らせた。慣れた手つきで長いプラチナブロンドを梳きはじめる。

髪を結わせたり、何かの準備をさせたらイヴほどうまい侍女《じじょ》はいない。

エレーナのしあわせを誰よりも願い、何もかもぬかりなく、今回のアーブル行きも、テオドールやアルベールと打ち合わせて、極秘のうちに決めてくれた。

イヴのためにも、この国を離れないでいたい——と思ったのに。

「フィリップさまが気になるのですね、エレーナさま」

イヴが言う。

カードをしまい、視界に入らなくなると、エレーナは現実に戻った。

「いいえ。違うわ、気にしているのはわたくしの故郷のことよ」

「わたくしの意見を言わせていただければ、フィリップさまが、エレーナさまとアルベールさまの結婚に反対するのは、個人的な感情ですわ。国民はみな賛成します。エレーナさまの勇気を、みんなが待っているのです」

エレーナは言った。

エレーナはアルベールを思い出す。

彼のことは、嫌いではない。ふたりとも母を早くなくしたので、兄妹のように育った。

ベルギー王弟フィリップが、必要以上にエレーナを娘同様だと口に出しているのは、アルベールから遠ざけようとしているからかもしれない、とエレーナは思う。

叔父《おじ》の監視がことに最近、厳しかったのは、エレーナの勝手な行動に怒りを覚えているからだ。そう思うと、体がすくむ。

——叔父さまには、抵抗できない。

だから、今回もこんなやりかたをとらざるをえなかった。

「——ここだけの話——フィリップさまは、エレーナさまのことを女性としてみていらっしゃるのではないかと思います。だから、今回の外遊で、エレーナさまを一緒に連れていこうとしていたのです」

イヴの声に、エレーナは我に返った。

「変なことを言わないで。叔父さまとわたくしは、三十歳も離れているのよ」

「二十七歳ですわ、エレーナさま。フィリップさまは認めたがらないでしょうけど。だからこそ、息子に奪われるくらいならと、エレーナさまを外国に嫁がせようとしているのです」

「叔父様は職務をまっとうしているだけだわ。アルベールは外国の有力な王の娘を妻に迎え、わたくしは外国の王に嫁《とつ》ぐ。そうすればふたつの国との絆《きずな》が得られるというのに、アルベールとわたくしが結ばれてしまったら、ふたつの可能性がなくなってしまうんですもの」

「エレーナさまは、まるで、フィリップさまに従ったほうがよかったと思われているようですわ」

「違うわ。わたくしがこの街へ来たのは、いろいろ考えるためなのよ。それをあれこれ言われて、どうするべきかわからなくなるってだけ」

エレーナはゆっくりと、事実と違うことを言った。

本当は、もう決めたはずだった。

どうせ好きな人と結ばれないのなら、ロマンティストになる必要などない、と。

「ベルギーを出て二日だわ。叔父さまは、わたくしがいないことに気づいたのかしら？」

「もう気づいていることでしょう。四方、手をつくして探しているのかもしれません。でも、この街には気づきませんわ。万一気づいたとしても、テオドールさまがエレーナさまを守ってくださいます」

髪を結い終わった。

イヴはかたわらの宝石箱を開け、きれいな真珠《しんじゅ》の髪飾りを出す。

鏡ごしに、しっかりと主人の瞳を見つめた。

「エレーナさまが誤解しているかもしれませんが、フィリップさまは、醜《みにく》い感情にいったんは支配されても、最後には理性をとる方です。いかに反対しようと、アルベールさまとエレーナさまの熱愛が表ざたになってしまったら、認めます。それは、信じていいことですわ」

「――そうね」

エレーナは答えた。

アルベールは父親と違い、強引さがない。自分で断っておきながら、エレーナにはそれがもどかしい。

そもそも、アルベールがわたくしを花嫁にするつもりなら、テオドールを介す必要などなかったのだ。ベルギーで、エレーナが逃亡の準備をしている間に、さっさとそう言えばいいのに。いや──叔父に直接、エレーナを縛《しば》るのはやめたらどうか、エレーナと結婚したいと進言すればいいのだ。そうすれば、いやでもエレーナは彼との結婚に巻き込まれていく。

「イヴ、リリーベルのことだけど──調べてみるって言ったけれど、紳士録にはあったのかしら？」

エレーナは結いあがった髪を鏡に映しながら、さりげなくイヴに切り出した。

「リリーベルさまのお父さまは確かに、イギリスの古い紳士録に出ていましたわ、エレーナさま」

「リリーベルの──弟のことは？」

「そこまでは。シンクレア家はイギリスではまあまあの地主のようです。それにしては、リリーベルさまのおとうさまは一緒じゃないようですし、使用人もいないようですが」

「……そう」

エレーナはリリーベルの明るい笑顔を思い出しながら答えた。

もっと話したかったと思う。薔薇《ばら》のこと──それから、愛犬ヨアキムのこと、リリーベルが口に出したことは気になることが多い。

ヨアキム――どうしてリリーベルは、エレーナの愛犬の名前を知っていたのだろうか。

エレーナはそのことをイヴに切り出そうして、逡巡《しゅんじゅん》した。

イヴはリリーベルとレッドには興味を抱いていない。人払いをしていたはずなのに、ジョルダンホテルの薔薇園で声をかけてきた、というのが気にくわないらしい。

「ここはパリともベルギーとも違うわ、イヴ。あまり厳しくしないで」

エレーナかすかなため息とともに、言った。

「わかっております、エレーナさま。でも、だからこそ気をつけなくてはならないこともあります。わたしは、テオドールさまの故郷でなければ――そして、テオドールさまがアルベールさまのご学友でなければ、この街を選ぶことはありませんでした」

イヴは強い声で言った。

「最近は、称号しか持っていない貴族というものも多いのです。悲しいかな、財産がなくなれば、身についた品さえ消えてしまう場合もございます。エレーナさまは、故郷を捨てた人たちより、もとから住んでいる人たちとおつきあいなさいませ」

「故郷を捨てた人間、というのなら、わたくしも同じことよ、イヴ」

エレーナが言うとイヴは首を振った。

「違いますわ、エレーナさま。エレーナさまは、ベルギーの誇れる四人目の王女です」

イヴは言った。

ている。

エレーナはにこりとほほえんだ。

イヴは、ベルギー王女——レオポルド二世の三人の娘たちよりも、エレーナを評価してくれている。

「もしもお寂しいのであれば、宮殿からヨアキムを連れてきてもらいましょうか、エレーナさま」

ブラシをしまいながら、イヴは提案した。

「ヨアキムを?」

エレーナははじめて、唇をほころばせた。

赤毛のスパニエル。本来は猟犬だが、手もとにおいて、特別にかわいがっている犬だ。

今回の旅はあわただしかったので、宮殿においてきてしまった。たぶん、いまは叔父《おじ》と一緒にいるはずだ。

無関心のようでいて、イヴは、リリーベルがヨアキムのことを話題にしたときのエレーナの表情に気づいたのに違いなかった。

「——そうね。ヨアキムがいたら嬉しいわ。散歩にも行けるわね」

「だったら手配をしておきましょう。きっと大喜びでしょうね、ヨアキムはエレーナさまが大好きだから」

イヴはエレーナがきげんを直したのにほほえんで、あたりを片づけ、隣室に下がっていっ

た。

エレーナはもう一度、父の国、ヴェルヘル王国を思い出す。

ヨアキムというのは、ヴェルヘルの少年王子の名前なのだ。

醜《みにく》くて、社交性も賢さも礼儀《れいぎ》も足りなくて、とても人前に出すことができない、という評判の王子だった。それでもいいと言ったのに、ついに一回も会うことができなかった。

かわりに贈られた犬に、エレーナは王子の名前をつけた。

故郷をなくした迷子のヨアキム。わたくしと同じ。

ヨアキム・フェルディナンド王子は、あのとき十三歳。

（叔父さんが、嘘をついたんだね？）

レッド……。

ふいに結びついたふたりの少年の名前に、エレーナは動揺《どうよう》する。

まさか——。

今日会った赤い髪の少年が、ヴェルヘル公国の王子だなんてことが、あるわけがない。

彼が、エレーナとの約束を守るために、わざわざこの街に来たなんてことが。

アレックスは、いつものようにフォンテーヌ邸《てい》の門のそばに車を停めようとして、見たことのない車があるのに気づいた。

ルバソールの最新型だ。流線型が美しい、小型の車だった。ビクトルの好む頑丈なドイツ車とは違い、屋根が丸い。

アレックスは仕方なく、厩《うまや》のそばに車を移動させた。見たことのない、ぴかぴかの黒い馬を御者《ぎょしゃ》が洗っているのが見える。いかにも育ちのよさそうな馬だ。

車を停めると屋敷へ入って行った。

かつて知ったるメイドに、仕事部屋へどうぞ、と案内される。

アレックスは階段を昇っていった。

マリーは寝室とは別に、この部屋でいちばん見晴らしのいい部屋に、小説を執筆するための部屋を持っているのである。

「マリー？」

「どうぞ、アレックス。扉は、返事を待たないで開けていいって言っているのに」

マリーは扉を開きながら言った。

そのままぱたんと閉める。

……深い意味はないのだろうが、友人同士とはいえ、男女が一部屋にいたら、扉は少しだけ開けておくべきではないか、と思うのだが。

きっとビクトルとふたりのときも扉を閉めるのだろうし、となりの続き部屋の扉は開いているのだろうが。

アレックスは部屋の中に入っていった。テラスからはさわやかな風が吹き込んでくる。気持ちのいい午後だった。

マリーはめがねをかけ、髪をうしろの高い位置でこざっぱりと結んでいる。身につけているのは色あせた綿のドレスで、アクセサリーも何もないので、いつもより幼く見える。

テラスの前の書斎机の前には、白い紙とインク壺《つぼ》が見えた。

「仕事中だったか？」

アレックスが言うと、マリーはにっこりとほほえんで、ほつれた髪を耳にかけた。

「まあね。締め切り間際ではないのだけど、これから忙しくなるかもしれないから、急いで書いてたの。つまっていたところだったから、ちょうどよかったわ。お茶は？」

「いや、いい。ジャルダンホテルでのことを報告しに来ただけだから」

「面倒なことを頼んで悪かったわ。エレーナさまには会えた？」

マリーは部屋のすみのワゴンへ行き、自分用のガラスのグラスに飲み物を注いだ。

客のため、というよりは、仕事中に飲むように用意してあるものだ。紅茶のほかにコーヒーらしきポット、チョコレートやビスケットもある。

「会えた——というか、見た。エレーナ姫はジョルダンホテルの別館に泊まっているようだ。

面会を申し込めば、マリーならゆっくり会えるだろう。ただ——いまは、落ち込んでいるとか言っていたが」

「落ち込んでいるって？　誰が言ったの？」

「リリーベル」

アレックスは長椅子《ながいす》の背もたれのうしろに立ち、背中を寄りかからせながら言った。

「あら――リリーベルちゃんがいたの？　やっぱりエレーナさまがお目当てだったたってわけ」

マリーは飲み物を口に運びながら、尋ねた。瞳が輝いている。

マリーには屈託《くったく》がない。アレックスがマリーといても女性といるという感じがしないのは、そのせいである。

「ああ。いた」

「そう。なかなかやるわね。先を越されたわ」

マリーはおかしそうに笑った。

「――ということはやっぱり、リリーベルちゃんはビクトルが調べたとおり、シンクレア家のご令嬢《れいじょう》だったのかしら。イギリスのもと地主で、奥さまがフランス人だっていう」

「知り合いじゃなさそうだったが。紳士録に載ってたのか？」

「最近のものは消されてるわ。没落《ぼつらく》した――賭《か》け事の借金が大きくなりすぎて、社交界にいられなくなってしまった家のようよ。貴族ではないわ」

「――そうか」

賭け事、ときいて、アレックスは複雑な気持ちになった。

ふと気づいて、言う。

「紳士録というのは、子どものことまで出ているものなのか？」

「娘ひとりって話よ。いま十六歳——たぶん、リリーベルね。名前まではなかったわ」

「弟は？」

マリーはグラスを口に運びながら首をかしげた。グラスの中にあるのは紅茶じゃなく、りんごのジュースらしい。

「息子がいるとは書いてなかったわね。でも、公式には娘だけということにしていたって、別の場所に兄弟がいないとも限らないわ。アレックスはリリーベルちゃんだけじゃなくて、弟のこともずいぶん気にかかるみたいね？　名前は——レッド、でしたっけ？」

「ああ」

アレックスは言った。

エレーナのことにはまったく興味はないが、あのふたりのことは気にかかる。

最初に感じた奇妙な感覚は、リリーベルと話して、なおさら増した。

あれも偶然、これも偶然——そんな偶然が重なってたまるものか、と思う。

話の流れで、つい、自分の普段の居場所——セント・ヴァレリー通りで店をやっていることまで教えてしまったのも、興味があったからだ。

カジノ・アンブラセでは、どんなに女の客にせがまれても言わないことである。

「――リリーベルちゃんは、エレーナさまのことを、どうやって知ったのかしら？　そういう話はしなかった？」

「この間もそうだが、ずいぶんそのことにこだわるな、マリー？」

アレックスは言った。

「そうよ。だって、エレーナさまの今回のご旅行は、本当に秘密だったんですもの。リリーベルのことを言ったら、どこから知ったのかって、おにいさまも驚いてたわ」

「驚きのあまり、パリからすぐにこっちに駆けつけてくるほど？」

「あら……知ってたの、どこかで会った？」

「いや。車があったから――」

アレックスが言いかけたそのとき、かちゃりと扉が開き、転がるように白黒のかたまりが入ってきた。

アレックスはそちらに目をやる。

マリーの愛犬のソレイユとともに、いささかよすぎるほどのタイミングで入ってきたのは、金髪で背の高い青年だった。

「なかなか鋭いな、きみは？」

テオドール・フォンテーヌ。

アレックスは目をすがめた。

初対面だったが、すぐにわかった。写真で見たとおりの顔だ。

女顔だが、女々《めめ》しいというよりは美しい。さらさらした金髪は、写真よりも少し長い。長身に合う蝶《ちょう》ネクタイ、瞳に合わせた青のフロックコート。男らしく、自信があり、そのうえ、優雅だった。

マリーが急に、にっこりとする。

「おにいさま、お仕事は終わったの？　今日はお忙しいって言ってなかった？」

テオドール――気鋭《きえい》の青年政治家は妹に笑顔を返し、すぐにアレックスに向き直った。

「妹の訪問客にあいさつする時間くらいはあるよ、マリー。――ようこそ、アレクサンドル・アヴェガヴェニィ。マリーからよく聞いていたけど、きみと逢《あ》うのははじめてだね。ぼくはテオドール・フォンテーヌだ」

「――アレクサンダーです。こちらこそ、お噂《うわさ》はかねがね」

「カジノでディーラーをやっているんだって？」

「たまにですが」

「今度、仕事をする日を教えてくれ。遊びに行くよ。――アレクと呼んでも？」

「アレックスと。そちらのほうが慣れているので」

「ではぼくのこともテオドールと呼んでくれたまえ。テオでもいい。ぼくのほうが年上だが、遠慮《えんりょ》しなくていい。友人になろう」

テオドールが手を差し出してくる。

アレックスは無言でテオドールの手を握った。

女性の誰しもが憧れるような、絵に描いたような美貌《びぼう》。青い瞳——。

ふいに、アレックスはレッドを思い出した。テオドールの瞳とどこまでも正反対な、どこかこちらを不安にさせるような、赤い瞳。

それからエレーナの、どこか浮かない顔。

この男が、エレーナに意に添わない結婚を避けさせ、アーブルに来させたのだ。

恋する女性の味方、粋《いき》なロマンティスト、いつだって正しい王子様、というわけだ。

ソレイユがとことこと走り、アレックスの足にまとわりついてくる。

アレックスは笑わなかった。テオドールは笑った。

怜悧《れいり》な美貌が、ちょっとだけ人なつこくなる。握手する手に、心なしか力が入ったような気がした。

「尋ねたいのはマドモワゼル・リリーベル・シンクレアのことなんだよ、アレックス。どうやら、ジョルダンホテルに同じ名前で泊まっている少女がいるようなんだが」

と、テオドールが言った。

マリーの仕事部屋だというのに、テオドールは当然のように中央の長椅子《ながいす》に腰かけている。

「お茶を持ってくるわね、おにいさま、アレックス。好きなようにしていて」

マリーは嬉しそうだった。アレックスとテオドールが並んでいるのを満足そうに眺め、いそいそと身をひるがえす。

アレックスはテオドールの向かいに腰かけたい気持ちにならず、テラスのそばに立って腕を組み、体を窓に寄りかからせた。

今日、テオドールと話す予定はなかった。アレックスは、マリーに型どおりの報告をするために来ただけなのだ。

「俺は何も知らない。通りすがりに助けただけだから」

「アーブル市の男が、義侠心《ぎきょうしん》に厚いということの証明だ。誇りに思うよ、アレックス」

「女性と子どもが複数の男にからまれていれば、誰でも助ける」

アレックスはぶっきらぼうに答えた。

「荒事には慣れてる？」

「平和なほうが好きだ」

テオドールは苦笑した。

「気が合うな、ぼくも平和が好きだよ、アレックス。だからこそ協力してもらいたい。ベルギ

ーや、エレーナ姫にまつわることはマリーから聞いたと思うけど、事情がどうあれ、いったん引き受けた以上、エレーナ姫を守るのがぼくの使命なんだ」

「――つまり?」

「エレーナ姫が大通りじゃなく、あの場所を通り、公園で休憩《きゅうけい》をしていくことは誰も知らなかった。ジョルダンホテルにだって、寸前まで、泊まるのがエレーナ姫だってことは言わなかった。――リリーベルがそれを知っていたとしたら――きみなら、どうしてだと考える?」

「それを知っている人間から、教えてもらったと?」

テオドールは人に答えを言わせたいらしい。アレックスは彼の望むとおりに答えた。

「そのとおり。リリーベル・シンクレア嬢は誰かと通じている。それも、エレーナ姫とごく近しい誰かとね。裏切りもの――と言ったら大げさだが、それが誰なのか、ということを、ぼくは知りたい。――彼女の外見と特徴、気がついたことを教えてくれないか? なんでもいい」

アレックスは黙りこんだ。

テオドールは少し待ってから、感心したようにゆっくりと足を組んだ。

「きみに彼女をかばう理由があるとは思えないけど、アレックス?」

アレックスは腕を組んだまま、テオドールを見る。

「そんなものはない。ただ――リリーベルはエレーナと初対面だった。それほど洗練された感じでもなかった。たぶん、ベルギーの王族ではないと思う」

「雇われる側に洗練なんて要らないさ。馬車と、泊まっているホテルを確認して、ある権力者に——彼はすばらしい男だが、頑固《がんこ》で、力で女性をねじふせようとする悪い癖《くせ》がある——行く先を知らせるだけだ。彼はエレーナ姫をすぐに追いかけてきて取り戻し、リリーベルに金貨を何枚か与える。それで彼女の仕事は終わり」

「——そんな仕事を、一介《いっかい》の少女がどこから——」

「続きを聞きたまえ。その権力者の話だがね。エレーナが逃げ出そうとしたということを知ったら、彼は自分を裏切る手助けをしたこの街を憎み、アーブルの魚は今後一切、宮廷の料理には使わないと宣言するだろう。その国の金持ちたちのバカンスは、ルーアンやブルゴーニュのものになる。カジノ・アンブラセの売り上げはがた落ちになり、きみのささやかな英国風パブは潰《つぶ》れる」

アレックスは失笑した。

政治家というのは、ずいぶん先のことを考えるものだ。おまけに、一般市民のふところ事情にまで詳しいときている。

「——ずいぶん心の狭い男だな、ベルギー王太子、フランター伯フィリップというのは」

具体的な名前を出すと、テオドールもかすかに笑った。

「よその国のリーダーのことを悪く言いたくないがね。国とのいさかいなんて、発端はそんなものだ。だからこそ、細心の注意を払っている」

テオドールは言った。

くだらない話だが、そのこと自体には納得できなくもない。

ソレイユが丸くなって耳のうしろをかいているが、足が短くて届かない。アレックスはソレイユを抱きあげながら、ぼそりとつぶやいた。

「リリーベルの髪と瞳は金褐色《きんかつしょく》。秋の実りの麦の色」

「金褐色……ね」

テオドールはつぶやいた。

「背は高い？　使用人のような感じか？　マリーと比べては？」

「使用人じゃない。せいぜい、付き添い人か家庭教師だ。マリーよりも小柄だと思う。名前が本物で、シンクレア家が紳士録に載っているとおりで、教養に自信があるのなら、あわよくばエレーナ姫の英語の家庭教師として採用される……その程度の野心ならあるかもしれない」

「それはきみの意見だね。そのほかには何を話した？」

アレックスは黙った。

ソレイユが腕の中で暴れている。テラスに放し、目で追った。あいかわらず、白と黒の毛玉のような犬である。

「たいしたことは話していない」

「雑談でもいい。エレーナが落ち込んでいると聞いたんだが、その理由とか」

「……仕立屋かな」

「仕立屋？」

「ああ。いま着ているのが一張羅《いっちょうら》だから、いい仕立屋を教えてくれと言われた」

テオドールは笑った。マリーに似ている。少し幼く、ひとなつっこい笑みだ。

「それは、ぼくに聞かれても困るな、パリなら少しはつてがあるけど、この街の仕立屋はマリーに聞いてもらうしかない。それとも、ドレスアップしてどこかへ行きたいという少女らしい意思表示かな」

「そんなに複雑な会話をしたわけじゃない。エレーナ姫が、セント・ヴァレリー通りをあの時間に通るということは、本当に誰も知らなかったのか？」

「ぼくだけだよ、アレックス。正確には、ぼくと……この旅行を計画した、ぼくの学友とね。エレーナさえぎりぎりまで知らなかった、といっていい。理由はマリーが説明したとおりだ。彼女は母の姉の夫の弟——面倒だから叔父《おじ》としておくがね——に、結婚を強要されることをいやがっているんだ。年ごろの少女らしいね」

「エレーナの理由はね。テオドール・フォンテーヌの理由は？」

アレックスは尋ねた。尋ねるまでもなく、テオドールはこのことを気にかけすぎである。

テオドールは屈託《くったく》なく笑った。

「ぼくはベルギーの王子、アルベールの学友なんですよ。彼から頼まれた」

「友情がそんなに大事かな。心の狭い彼の父親に知られたら、この街を危機に落とすかもしれないというのに。アーブルの誇りと呼ばれる男が」

テオドールは苦笑した。

しかし、さっきの笑いとは違った。心なしか、瞳が入ってきたときよりも鋭くなっている。

「――意外と頭がいいんだな、アレックス。だが、ごまかそうとしていたわけじゃない。デリケートな問題なんだよ。噂《うわさ》になっているから知っているかもしれないが……エレーナ姫と、アルベール――ぼくの学友にして、フィリップ殿下の息子――は、恋人なんだよ。父親に反対されていて、今回のエレーナの外遊はふたりを引き離すためでもあるんだ。友人のロマンスの手伝いをしたかった、というのでは理由にならないかな？」

「理由にはなると思う。ただ、テオドール・フォンテーヌは、ひとりの男のしあわせよりも、故郷の市民のしあわせを考える人間だと思っていただけで」

アレックスは言った。

テオドールはアレックスが納得しないのは見越していたようで、流れるように続けた。

「高く評価してもらっているようで、光栄だな。じゃあ正直に言おう。ぼくはエレーナ姫に惹《ひ》かれているんだよ。高嶺《たかね》の花だし、もちろん友人の恋人に手を出すつもりはないけど、妻になれば、少しは逢《あ》う機会がもてるから、応援している。理性的な男が唯一逆らえない感情、それは恋だよ。これでいいかな」

「エレーナ姫は人気者だな」

「魅力的な女性だからね。きみだって会えばきっと好きになる。世の中には、いるだけで価値がある人間がいるのさ。いるだけで邪魔な人間がいるように」

テオドールはまんざら冗談でもなさそうな顔で言い、笑顔を消した。

「アルベールとエレーナの熱愛には、フィリップ王太子はうすうす気づいていて、なんとか引き裂こうとしている。円満に認めさせるには、今が最後のチャンスなんだ。アルベール、将来のベルギー王は、父親と違って友好的な男だ。王妃《おうひ》と自分を結びつけた街と、頼みになる友人のことを忘れはしない。恩を売っておくのは損にはならないよ。きみも今から魚料理の腕を磨《みが》いておくといい」

「なるほどね」

最後の理由がいちばん、納得できた。テオドールは恋よりも利益のために動く。

「リリーベル嬢とこれから会う予定は？」

アレックスが認めたのを受けて、テオドールが尋ねた。

「今のところはない。内偵《ないてい》みたいなまねは得意じゃないんだ。悪いが」

「それなら、ぼくが会うことになるかもしれないけど、それはかまわない？」

「――ああ」

ほんの少しだけ、答えるのが遅れた。

アレックスは、はじめてリリーベルと会ったときのことを思い出す。今となっては、はっきりしない記憶だ。

豪華な馬車が二台。リリーベルの悲鳴。三人の柄《がら》の悪い男に、しがみつくレッド……。そして、なくなった財布《さいふ》。

エレーナはなぜあの公園にいたのか。休憩《きゅうけい》をするには半端《はんぱ》な場所だ。

レッドやリリーベルを待っていた——ということは、ないと思うが。

「もうお話は終わり？」

気づくと扉が開き、マリーが入ってきた。お盆の上にはいい香りの紅茶と、チョコレート菓子がある。

シンクレア家——。

リリーベルは、賭《か》け事の借金がかさんで没落《ぼつらく》した、イギリスの名家の令嬢《れいじょう》なのだろうか。

ではレッドは？

テオドールは妹思いの兄の顔になってほほえみ、妹を迎えている。ソレイユがお菓子に気づいて、けんめいに尻尾《しっぽ》を振る。

アレックスは自分が、テオドールやマリーではなく、リリーベルとレッドの側についていることに気づいて、苦笑した。

6　思い出を探して

ジョルダンホテルに併設《へいせつ》されている高級な小物の店で、タータンチェックの大判ストールを買うかどうか三十分も迷っていたリリーベルは、ロビーから女性たちの気配を感じて振りかえり、目を見開いた。

ロビーに座って笑いさざめいている女性客たちの間を抜けていくのは、イヴとエレーナ、それから、もうひとりの、はじめて見る少女だったのである。

エレーナは大きな日よけの帽子をかぶっているので顔は見えなかったが、女性の顔ははっきり見えた。さらさらの金の髪によく合う、明るいグリーンのドレスを身につけている。聡明そうな令嬢《れいじょう》だ。

「マリー・フォンテーヌさま、こんにちは。今日はこちらに？」

「ええ。お友だちをお迎えに来ましたの」

「どちらの方？」

「またご紹介する機会がありますわ、シャルロットさま。ごめんあそばせ」

令嬢は茶目っ気たっぷりにあいさつを交わし、さりげなくエレーナをかばいながら、ホテルを出て行く。

かたわらにいるイヴも、安心してまかせているようだった。リリーベルと一緒にいたときとはまったく違う。

しまった……。

リリーベルはロビーに立ちつくし、うしろ姿を見送った。

マリー。

名前は、レッドから聞いていたのに。

買い物を終えたら、町を散策しがてらさりげなく調べてみるつもりだったのだが……マリーがこの街に住んでいるのなら、エレーナよりも、マリーと仲良くなるほうが敷居が低いと思っていたのだが、間に合わなかった。

マリーがこのホテルを知っていたとは思わなかった。

イヴもエレーナも、どこのホテルを使うかは間際まで決めていなかったようなのに……。

マリーはこの町では有力な令嬢なのだろうか。

リリーベルはがっくりとして、外に出る。

エレーナが自分のものだ、と思っていたわけでもないのに、悔しかった。

マリーがあいさつしていた婦人たちは、洗練された階級らしく、追ってこない。

玄関より先に庭を抜け、馬車が置いてある場所まで行こうとして、ふと思い当たった。

リリーベルは走って、厩《うまや》を抜ける。

ひょっとして――。

「――アレックス！」

思ったとおりだった。

アレックスはこの間と同じ場所に同じ車を停めている。幌《ほろ》のない車に軽く寄りかかり、足を組んで立っていた。

「――やあ」

リリーベルを見てもあまりびっくりせず、手をあげる。

「やあじゃないわ。――マドモワゼル・マリーを待っているの？」

アレックスは首を振った。

「いや、待ってるわけじゃない。マリーは馬車だから。俺はただ、どうなるのかと思ってここへ来ただけだよ。ということは、マリーとエレーナ姫は仲良くなったのか。ふたりはホテルの客室？」

「いま出ていったわ。おしのびだと思ったのに。やっぱり、あなたの友だちっていうのが、マリーだったのね」

リリーベルは額に手をあて、もうひとつの事実に思い当たる。

アレックスと会ったのはすべて、エレーナがらみである。

もしかして、今日だけじゃなく、先日にエレーナと一緒にいるときに出くわしたのも――。

「――ひょっとして、最初にあなたたちにエレーナさまのことを知らせたのは――わたし？」

「そうだ、あの晩、路地で、おまえがつぶやいていたのを聞いた。俺はそんなに興味はなかったんだが、マリーたちにとっては重要な問題らしくて、俺がここへ確かめに来ることになった」

「――そうだったの……」

リリーベルは呆然《ぼうぜん》として、つぶやいた。

どうして知ったんだろうと思ったけれど、よりによって、自分の口からだったとは！

やっぱり、自分はおっちょこちょいだ。

リリーベルは唇を噛《か》む。

レッドに気をつけろといわれているのに、アレックスにしゃべりすぎた。

こんなはずじゃなかったのに、未来が変わった。アレックスが、レッドの――レッドが予言したエレーナの未来を変えた。レッドが、リリーベルとアレックスが関わるのをいやがり、名前を聞きたくなさそうだったのは、こういうことだったのだ。

……アレックスは、「残す」男じゃなかった。

しかし、知ってしまったからには仕方ない。もう何もない状態には戻れない。アレックスがいる道を進むしかない。

「そうだ。でどうする？　追うか？」

アレックスは言った。

リリーベルはアレックスを見る。

アレックスは冷静だった。リリーベルを観察でもしているかのようだ。唇のはしに、あるかなきかのほほえみを浮かべている。

まるで、白熱した深夜、ルーレットのかたわらで気配を殺し、負けがこんだ客を眺めている、凄腕《すごうで》のディーラーみたいに。

で、どうする？　ここでやめておくか、それとも、もっと賭《か》けるか？

赤か、黒か？

リリーベルは唇を噛《か》んだまま、アレックスを見る。

カジノを思い出したことで逆に冷静になれた。

誇りにこだわってはいけない。負けて、深追いして、さらに負けていくのはまっぴらだ。

「――追わないわ」

少し考えてから、リリーベルは言った。

最初に出遅れたら、同じ道を追っても追いつけない。こういうときは、彼らになくて、わたしにあるものを使うのだ――。

「そのほうがいいな、リリーベル」

「代わりに、行ってみたいところがあるの。車で送ってくれないかしら。もしかして、あなたに会ったのも、偶然じゃないかもしれない。もう、あなたとともにいる未来になっている」

アレックスは目をすがめた。言葉の意味がよくわからなかったらしい。

「どこへ？」

「セント・ヴァレリー通り２０６……最初の場所よ。探し物があるの」

「なんで俺が見ず知らずのおまえたちの運転手をしなきゃならない？」

アレックスは言った。

だが、いやがってはいない、と思った。アレックスはリリーベルを試しているのだ。

リリーベルは帽子をとり、アレックスの前に立って、向かい合った。

「それはね――わたしが、あなたの大事な黒のお財布《さいふ》を持ってるからだわ」

アレックスが、はっとした。

オリーブ色の瞳に、焦りとも怒りともつかない感情が浮かんだ。

「――おまえ、やっぱり――！」

「理由はあとで説明するわ。お財布はホテルの部屋にあるの。レッドを迎えに行くついでに、取ってきて、すぐに渡すわ。だから、わたしたちをこの車に乗せて。いいわね？」

「レッドも一緒に行くのか？」

「わたしたちはいつも一緒なのよ、アレックス」

リリーベルは言い、アレックスの返事を聞かずに、体をひるがえした。


闇が、レッドのまわりをとりまいていた。

だが、真っ黒に塗りつぶされた暗さではない。昼間に目を閉じたときのような――温かみのある暗さ。

ここは、どこだろう――と、レッドは思った。

どこかしめっていて、温かく、やわらかい。まるで、繭《まゆ》のようだ。

リリーベル……リリーはどこにいるのだろう。

ここは――リリーが決めた場所だ。

ヴェルヘルの宮殿、冷たくて暗い、天蓋《てんがい》つきのベッドのある部屋ではなく。

羽ぶとん――高級なベッド――ジョルダンホテル――アーブル……。

レッドは、うっかり、眠ってしまったのだ。

眠るのは、好きではない。

起きたときのほんの一瞬、どこにいるのかわからなくて、怖いから。

リリーベルは、だったらわたしは、あんたが起きるときには必ずそばにいるようにする、と言ったのに……。

レッドはリリーベルの裏切りに泣きそうになりながら、うっすらと、目を開ける。

明るい部屋には、誰もいなかった。リリーベルも。

レッドはしばらくベッドの上で、羽根ぶとんを抱きしめている。

リリーベルは、この部屋を出るとき、何か言っていたのではないだろうか。

レッドはおとなしく本でも読んでいて、わたしはホテルの中を探検してくるから。ついでに、マリーっていうのが誰だか聞いてくる。あんたが言うからには、きっと重要な人なんでしょう。エレーナさまにまたアタックしてみるよりも、確実かもしれないわ。大丈夫、すぐ、帰ってくるから。

すぐ帰ってくる、と、言ったくせに、リリー。

（……リリー……）

リリーベルのやわらかな声を思い出すと、落ちついた。

レッドはのろのろと、ベッドの上に体を起き上がらせた。

部屋はカーテンがひかれてうす暗い。テーブルの上にあるミルクのカップには、薄い膜が張っていた。

壁に頭をつけて、息をつく。

リリーベルがいないのなら、もう一度眠ってしまったほうがましかもしれない。

だが、また起きるとき、まだ帰ってきていなかったら、もっといやだ。

そのとき、こつり……と音がした。

レッドはびくりと体をふるわせる。

足音だ。部屋の外の廊下《ろうか》から、聞こえてくるのである。

こつり、こつり――。

リリーベルではない。男の足音だと思った。ひとりではない。

足音は、部屋の前まで来て、止まった。

レッドは体を壁から離した。

そっとベッドから足を下ろす。

脱ぎ散らかされた靴《くつ》を探して、足を突っ込む。胸もとの棒ネクタイがほとんどよじれかけているのに気づいて、結びなおしてから、立ちあがった。

部屋の中を横切って、扉まで移動する。

こつん……と、小さくノッカーが叩かれて、レッドはびくりとした。

ついで、がちゃ、と取っ手をまわす音。

「――出かけているのかな……」

つぶやくような声がした。

レッドの心臓が鳴る。

大人の男は好きではないのだ。

とくに、自分のやることはすべて正しいと信じている、支配者である男の声は。レッドは何を言っても、彼に勝つことができない。

レッドと男の間には、一枚の扉しかない。

レッドは扉の前で立ち尽くす。もし彼が入ってきたらどうしよう——と混乱しかけ、足元に、どっしりとしたくるみ材の扉止めがあるのを見て、やっとおさまった。これがあれば、扉が開くことはない。

扉止めの上、扉の取っ手の下に小さな鍵穴《かぎあな》が開いていた。レッドは扉の前にそろそろとひざをついて、鍵穴から外をのぞいた。

「掃除不要、の札がかかってるってことは、中にいるんじゃないか」

ふたりの男の姿が見えた。ふたりとも金髪だ。前にいる長身の男が振り返って、うしろの男に話しかけている。

「疑り深いね、テオドール。こんないい天気の日に、太陽を浴びずに部屋に閉じこもっているわけがないよ」

取っ手に手をかけている——テオドールと呼ばれた男の顔が見える、きれいなプラチナブロンドに、蒼《あお》い瞳。青くて長いコートにブーツを履《は》いている。いかにもパリのサロンにいそうな、洒落者《しゃれもの》の男だった。

「イギリス人の考えていることはわからんさ、アルベール」

「リリーベル・シンクレア――。イギリス人だってことは確かなのか？」

テオドールのうしろにいる顔が見えた。

見たことがあった。

新聞で。ヴェルヘル王国で。誰かの会話のついでに、写真で。

それから、頭の中で。

「美人なのか？　テオドール」

レッドが聞いているとも知らず、アルベールは言った。

やや神経質で、落ちつかない声だ。慣れない場所が苦手なのに違いない。

いろんな勇気が足りなくて、見知らぬ道を歩けない男だ。

『女教皇』の対《つい》にはなれない――エレーナにはふさわしくない。

テオドールはかすかに笑った。彼のほうはアルベールと違い、自信に満ちている。

「ぼくは見ていないが、悪くないほうに十フラン賭《か》けよう。アレクは――つまりあのとき、ヴィンセントをひねりあげて、リリーベルを助けた男だがね――若いが、見る目はあるようだ。妹の友人なんだよ。セント・ヴァレリー通りで儲《もう》からない店をやってる」

「それで、偶然居合わせたのか。まったく、余計なことを。だから、もっと別の場所がいいって言ったのに」

アルベールは苦い声で言った。

「ホテルの部屋はいやだって言ったのはエレーナ姫だよ。きみだって、エレーナと逢《あ》えるなら、この際どこだっていい、と言ったじゃないか」

「そうは言ったが、きみならムードというものを理解してくれると思っていた」

「本気の恋人同士なら、道端で会ったって盛り上がるはずだよ、アルベール。ムードのない場所で逢うのがいやなら、最初から宮殿でさっさと求婚しておけばよかったんだよ」

「きみはぼくの父親の怖さを知らないんだ。彼はエレーナの行く先すべてに目を光らせているんだから」

アルベールはいらだちを隠しきれないように言った。

テオドールは軽く肩をすくめる。アルベールに背を向けたその唇が、一瞬だけ、侮蔑《ぶべつ》に似た笑みを浮かべた。

「逢い引きのその瞬間に逃げられるとは、ぼくだって思わなかったのさ。――本当に理由に心当たりはないのか？」

「……ないよ」

「避けられているとか？」

「――まさか」

アルベールは言ったが、その声はどことなく弱弱しかった。

テオドールにかわって取っ手をつかみながら、話を変える。

「――リリーベルが父に雇われたんじゃなきゃいいんだが。きみは本当に、誰にも言ってないんだろうね？　テオドール」

「リリーベルがフィリップ殿下に雇われているなら、ホテルでヴィンセントから金を脅《おど》し取ったりはしないだろう。ただの柄《がら》の悪い娘だと思うね」

「そのくせこんなホテルに泊まっている」

「だから確かめに来たのさ」

レッドはじっと扉の内側で耳をすます。

体の内側が、なんだか熱くなってくる。

テオドールとアルベールは、リリーベルの悪口を言っている。

レッドは扉一枚をへだてた場所で、うずくまった。

自分はあのとき、セント・ヴァレリー通りで完成させた絵を、レッドは見た。

セント・ヴァレリー通りで、アルベールはエレーナと会う。

エレーナは彼を見て、大事なことを決断しようとする。

そのとき、頭から赤い薔薇《ばら》の花びらが降ってきて――心臓のかけらのような花びらが、エレーナの前に舞い落ちる。

そこでエレーナはふたたび迷い、決断をひるがえす。

だから、ぼくはエレーナのもとへ、薔薇の花びらを落としにいかなければならなかった。

それは、確定。

そして、終了。

残っているのは、もう一枚の絵。もうひとつの公園と、二匹の仔犬。

「——仕方がない。とりあえずリリーベルのことは後回しにして、重要なことを片づけよう、テオドール。エレーナのいる場所は、はっきりしているんだろう？　本当はもっと、ロマンティックな演出をしたかったが」

最後にもう一度、扉をがちゃつかせてみたアルベールがテオドールに向き直った。

「西の港が見える噴水公園は、父がはりきって作ったんだよ。セント・ヴァレリー通りの緑《ヴェール》公園よりよりはましだろう」

「確かきみのところに犬がいただろう。あれを借りることはできないかな」

テオドールはあきれたようにアルベールに向き直った。

「プロポーズするのに、犬が必要かね？」

「エレーナは犬が好きなんだ。ヨアキムってスパニエルをかわいがってる。まるで、神秘的な力でも信じているかのように。この一年、ぼくはエレーナよりも、ヨアキムをなつかせるのに苦労したくらいだ。あのときだって、ぼくが犬を抱いていれば、エレーナはまわれ右をしたりしなかったんだ」

「ぼくの家にいるのは白黒のグリフォンテリアだが、ひとなつこくてまあまあ可愛《かわい》いよ。女の子なら好きだろう」

声は少しずつ遠ざかり、小さくなっていく。

やっと気配がなくなったところで、レッドはうずくまった。

「あ……」

目を開く。

そして――ぼくは、何をする？

レッドは考えたが、何もわからなかった。

リリーベルが考えてくれればいいのに、と思った。いつものように、レッドが迷っていたらリリーベルがレッドのかわりに考えて、これがわからない？　あんたが気にしているのはこれじゃない？　それとも違うの？　と、尋ねてくれればいいのに――。

だが、リリーベルはいない。

レッドはそろそろと、顔をあげる。

あの男ふたりが、リリーベルを探している、ということを思い出したのだ。

そして、リリーベルは、ホテルの中にいる。

もしも、ホテルのどこかで、彼らがリリーベルと鉢合《はちあ》わせをしたら、どうなる？

見えなかった。

ただ、いまと違う未来になる、ということだけは、わかった。

あのふたりは、リリーベルをどこかに連れて行くかもしれない。レッドから引き離す。

レッドは混乱した。震えた。

レッドは壁から背を放した。

音をたてないように扉を開け、廊下《ろうか》をのぞく。

テオドールとアルベールはいなかった。もう階段へ向かっているらしい。

レッドはホテルの廊下を駆け出そうとして、唇を噛《か》んだ。

何かに耐え、引き戻されるかのように、立ち止まる。

唇を噛んだ。

くるりとまわれ右をして部屋に戻り、レッドはベッドサイドの引き出しを開けた。リリーベルは聖書の間にお金を挟んでいるのだ。

聖書だけだと思ったのに、横に黒の革の財布《さいふ》があるのが目に入った。

レッドは目を見開いた。

男のものだった。想像もしていなかった。予測できなかった。

それが誰のものだか、レッドは知っている。

だが、驚いている暇は、いまはない――。

レッドは男の財布をつかみとると、同時に聖書の間からフラン札を一枚取り出した。

十フラン。これで十分——なはずだ。

リリーベルと一緒に、辻馬車《つじばしゃ》に乗れる。

扉を出て、鍵《かぎ》をかけ、廊下に出る。

ホテルの中央の階段ではなくて、廊下の端のもう一方の階段を使った。

リリーベルに、伝えなくてはならない、と思った。

ふたりがアーブルに来た意味を。

レッドとリリーベルは、エレーナに会うためにセント・ヴァレリー通りに、あそこに行ったわけじゃなかった。

アルベール——あの男の邪魔をするためにあの場所に行き、そしてそれは、達成されたのだ、ということを。

テオドールとアルベールという男がいて、リリーベルを探しているということを。

それを教えることができるのは、ぼくだけだ。

そしたら、リリーベルが、どうしたらいいのか考えて、なんとかしてくれる。

やっと、階段を下り終わった。レッドは少し息を切らして、ロビーに辿《たど》りつく。

立ちすくんだ。

前庭から、ロビーを横切るようにして、リリーベルが歩いてくるのが見えたのである。

ひとりではなかった。リリーベルは、アレックスと並んでいた。

ふたりは並んで話している。リリーベルはいきいきとした笑顔で。アレックスも、おだやかな表情をしている。

この財布の持ち主。すぐわかった。

これは、偶然じゃなくて。レッドは望んでいようといまいと、アレックスとリリーベルは会うべくして会った。逆らえない。

リリーベルは安心していた。

アレックスは強くて、未来なんか見えなくても、何があっても大丈夫だから、ぼくが、リリーを守ろうと思ったのに。

レッドはよくわからなかった。

未来は、真っ暗だった。何も見えなかった。

アレックス——彼のことは、最初に見たときから、気に食わなかった。

自分の中で、赤い炎が燃える。

レッドは、動揺《どうよう》した。

「レッド、どうしたの？　散歩したくなったの？　珍しいわね」

ロビーの端の階段から、赤毛の少年が駆け下りてきた——と思ったらレッドだったので、リリーベルは驚き、それから笑顔になった。

レッドは基本的に人嫌いだし、子どもらしい欲もないので、リリーベルのようにむやみに歩き回ったりはしない。リリーベルが外に出ているときは、『掃除不要』の札を下げて部屋に閉じこもっているだけだと思っていた。

レッドは赤い瞳をまばたかせもせずに、階段の下で立ち止まっている。

「――なんでもない。何でアレックスがいるの、リリー」

「さっきそこで会ったのよ。偶然よ。でも、半分くらいは必然かも」

「ここはだめだよ、リリー。ここは嫌いだ。こっちがいい」

「花を見るために来たの？」

レッドは先に立って、ロビーから前庭の薔薇園《ばらえん》へ歩いていく。リリーベルは苦笑しながら、レッドを追った。

「でもちょうどよかったわ、レッド。アレックスと話していたんだけど、セント・ヴァレリー通りへ行こうと思うの。あんたも来るでしょう？」

リリーベルは中庭に向かいながら、レッドに言った。

「セント・ヴァレリー？」

「そう。最初にわたしたちが行って、襲われそうになった場所。アレックスの店はあのへんにあるんですって。それから、あんたが言ったこと。いまは、エレーナさまのことはマリーにまかせて、わたしたちは迷子《まいご》の犬を探すべきだと思って。あの公園、あんたがあんなにはっきり指定したのに、わたしが薔薇を撒《ま》き散らしただけで終わるのも変だと思うの。どうかしら、この考え？」

リリーベルは言った。

レッドが部屋から降りてきたのは以外だったが、階段を昇る手間が省《はぶ》けた、と思う。

「——それは——確定……」

レッドはつぶやくように言った。

「わたしはヨアキムをみつけることができる？」

「うん」

レッドは断言したが、どこか落ち着きがない。ちらりと前庭から玄関を振り返った。

「どうかしたの？」

「——なんでもない。行かない。まだリリーベルはここにいるんだよ」

「え？」

「あと十五分。そのあとは、好きにすればいい」

レッドはそれだけ言い置いて、体をひるがえした。

庭から出て行き、ホテルのロビーへ向かっていく。

リリーベルはあっけにとられた。

「レッド、——なんで？」

リリーベルはつぶやいたが、レッドは振り返らなかった。

「追わないのか？」

アレックスが尋ねた。

リリーベルは釘《くぎ》づけになったように、動けない。困った顔になって、アレックスを見上げた。

「レッドが十五分はここにいろって言ったわ。だから、いなきゃいけない」

「なんだそれは。待ってろ」

アレックスは呆《あき》れたようにつぶやいて、すぐに、ホテルの中に吸い込まれていくレッドを追った。


「レッド！」

アレックスが声をかけた。

階段をのぼっていたレッドは、ぴくりと肩をこわばらせた。

「あんたに呼ばれたくない」

「それ以外に呼ぶ名前を知らない。リリーベルは一緒に行きたがってる。俺が車を出すから、おまえも乗れ」

「なんで、あんたが？」

やっとレッドが振り返った。

あらためて見ると、中性的な美貌《びぼう》の少年だった。長いまつげが、どこからか入ってきた日射しに照らされて、頰《ほお》に長い影を落としている。これで瞳や髪が赤じゃなかったら、男装した美少女だといっても通用しそうだ。

そういえば、なんで俺が車を出すことになったんだっけ——ちらっと妙な気分になりながら、アレックスは答えた。

「事情があるんだよ」

「これだろう」

レッドはポケットをさぐって、黒い財布を放った。

アレックスはそれを受け止める。

確かに、自分のものだった。確かめるまでもない。

その場で中身を確認しようとして、やめた。リリーベルもレッドもすりじゃない。

むしろそうだったほうが、考えなきゃならないことは少なくなりそうだが。

「そうだ。中を見たのか？」

「見ないよ。あんたのことは、知りたくない」

「それはいいな。俺も他人には興味がないんでね。お互い無関心でいこう」

「ぼくに嘘をつくな」

レッドは階段の数段上からアレックスを見下ろして、言った。

アレックスはレッドを見上げた。

ひやりとする。

何もかも見透かすような瞳だと思った。何もかも知り尽くしているような人間に出会ったことはあるが、子どもに対してそんなふうに思ったのは初めてだ。

ほんの少しだけ、焦《あせ》るような気持ちになる。

「嘘なんてついてない」

「あんたはリリーを好きになる」

「――は？」

意味がわからず、アレックスは目をすがめた。

「好き？　誰が？」

我ながら間抜けだと思ったアレックスの声に、レッドはかちんとようだった。

「ぼくは、行かないよ」

レッドはアレックスから目を逸《そ》らさなかった。

「行かないのか？」

「リリーとあんたが決めたことだ。ぼくは、一緒に行けない。行く意味がない」

この少年の言葉づかいはどこか変だ、と思った。何か、独特の決まりがあるようだ。

アレックスは首を曲げて、ロビーにたててある、骨董品《こっとうひん》のような大きな時計を見た。もう十五分はたったと思う。

「わかった。リリーベルになんて伝えておけばいい？」

「名前を呼ぶなよ、アレックス。……あ」

人には名前を呼ぶなと言ったくせに、レッドはアレックスの名前を呼び、しまった、という顔をした。

「レッド！」

そのとき声がして、アレックスは振り返った。

うしろには急いで来たらしいリリーベルがいた。リリーベルも時間を測っていたらしい。大きな目を見開き、レッドを見つめた。

「レッド、大丈夫なの？　何かあったの？」

「何もないよ、リリー。ひとりにして、しばらく部屋には戻らないで」

「――わかったわ。いつまで？」

「次に逢《あ》うときまでだよ、リリー」

レッドは言って、くるりと背を向け、階段を昇っていった。

「いいのか?」

と、アレックスが尋ねた。

車の中である。

アレックスは運転がうまかった。車高の高い馬車の間を、すいすいと通り抜けていく。少し潮の混じった風が涼しくて、気持ちがよかった。

リリーベルは運転席のとなりにいて、前を見ている。

レッドの様子は気にかかったが、今はエレーナのことを確認するのが大事だ。

ジョルダンホテルは高級ホテルだし、レッドが部屋に閉じこもっている限り、何も危険はないと思う。

「わたしはレッドには逆らわないことにしているの。レッドがひとりにしてと言ったら、そうするだけよ」

「死にたいとか、食べたくないとか言ったら?」

「変なこと言わないでよ、アレックス」

リリーベルは軽くアレックスをにらんだ。

「ああいうとき、レッドは理由は言わないの。でも、行かない、って言っただけで、わたしたちが行くのを止めたわけじゃなかったでしょ。単にちょっと、きげんが悪いんだと思うわ」

「ずいぶん気を遣うんだな、弟にしては」

アレックスはまぶしげに目を細めながら言った。

アレックスは帽子を好きではないようだ。黒い前髪が風になびいて、精悍に見えた。

「気を遣ってるわけじゃないわ。これが普通なのよ」

「だが、あの子は——」

「レッドのことを悪く言ったら承知しないわよ」

アレックスはやはり勘《かん》が鋭いらしい。レッドの容姿や態度についてあれこれ言われるまえに、リリーベルは釘《くぎ》を刺した。

アレックスは少し間をあけ、尋ねた。

「年齢は？」

「十四歳よ。小さいけど」

車はトゥール川にさしかかる。河ぞいにある白い建物が、夜に見たときよりも小さく見えた。まだ昼間なので開いていないらしい。

「あのカジノは、有名なの？」

ふと気にかかって、リリーベルは尋ねた。

「そうらしいな」

アレックスは興味なさそうに答えた。

リリーベルはそれ以上は尋ねなかった。

駅から続く大通りも、レストランやパサージュがたくさんある路地も、夜に、馬車や歩きで来たときとは違う感じである。なんとなくあっけらかんとして、親しみやすい。

大通りからセント・ヴァレリー通りへ曲がると、アレックスは石造りの建物の間の路地に入っていった。

住宅地だがところどころに店がある。アレックスが車をとめたのは、緑色と樫《かし》の色――地味な店構えの店だった。入り口の横は大きなガラスの窓になっており、屋根の横に、深い緑の地に白い文字で、ぶっきらぼうな手書きの看板が出ている。

パブ『運命の輪』と。


アレックスは店のかたわらに車をとめ、車から出た。

「降りて。ちょっと待っててくれ」

「ここ、あなたのお店なの？」

「ああ」

アレックスは言って、店の正面の扉を開いた。

尋ねるまでもなく、英国風パブである。

リリーベルはアレックスに続いて、中に入っていった。

中は縦に細長いつくりで、傷だらけのカウンターがまっすぐに伸びている。カウンターの裏にはビールのサーバーと、酒の樽《たる》がならべてある。テーブルはふたつ。数人も入ればいっぱいになってしまうような酒場だ。

どこか懐かしい店だわ、とリリーベルは思った。古いけど、いい感じ。

店のすみにどっしりとしたルーレットと、ルーレットテーブルが置いてあるのを除けば。料理はろくなものがなさそうだ。三軒おいたとなりにある、明るいブラッセリーにすべての客を吸収されているのに違いない。

窓が広いので、カウンターのはしから道が見えた。

セント・ヴァレリー通りを歩いているときには気づかなかったが、緑《ヴエール》公園の横には一本、細い路地が通り、門がある。

門は、三つあったのだ。リリーベルとレッドが止まった門、エレーナが入っていった中央の大きな門、そして、細い路地のかたわらの小さな門。

この路地の小さな門は、きっと、地元の住人しか知らない場所なのに違いない。

「あのとき、この窓から外を見ていたのね。アレックス」

カウンターの中に入っていくアレックスに向かって、リリーベルは言った。

「見ていたよ。俺はここで酒を飲んでたから」

「わたしは目の前の道を、左から右へ向かって歩いていたわ。公園へ向かって。あのあたりで何か、気がついたことはなかった？　エレーナさまがいたとか」

「さあ、それは気付かなかった」

「馬車が停まったのは？」

「見たよ。中央の門の前と、路地の前。路地のほうはずいぶん小さな馬車だったが」

「二台あったの？」

リリーベルは驚いて、アレックスに尋ねた。

「知らなかったのか？」

「そうよ。続けて」

アレックスは妙な顔をしたが、続けた。

「――ふたつとも豪華なやつだ。小さいのはずっと停まっていて……誰か降りてきたかもしれんが、おまえとレッドを見ていたから、顔までは知らない。ふたりとも、大きいほうの――エレーナの馬車を気にしていただろう？　なんだか話しかけたそうにしていると思ったら、急に薔薇《ばら》を投げて、身をひるがえした。おまえたちが逃げて、あとから御者《ぎょしゃ》が追っかけていった。しばらくしたら悲鳴が聞こえたから、言わんこっちゃない、と思って俺は外に飛び出した」

「もう一台の馬車……？」

リリーベルは眉根《まゆね》を寄せて、つぶやいた。

「――いまさらだけど、なんで、こんな公園にエレーナ姫がいたのかしら？」

アレックスはカウンターの中から出てきた。

リリーベルのうしろに立って、同じ場所を見た。

まくっていた白いシャツの袖《そで》を戻して、コートに袖を通し、リボンタイをちょっと直す。肩が広くて、黒のフロックコートがよく似合う。

「ジョルダンホテルに着いてしまったら、こもりきりになるからな。到着前に息をつきたかったんだろう。よくある話じゃないが、納得できなくもない。——もっとも、この公園は広いが、そんなに有名じゃない。アーブルに住んでいる人間しか知らない場所だが」

「だからこそ選んだのかもしれないわ。——つまり、秘密にしたかったんじゃないのかしら」

リリーベルはつぶやいた。

「俺はその秘密にこそ、おまえたちが関係しているんじゃないかと思ったんだが」

「わたしは、何も知らないのよ」

リリーベルはじっと公園を見つめたまま、唇を噛《か》んだ。

「馬車が二台ね。誰かと会っていたのかしら。エレーナさまは落ち込んで、考えることがあるみたいだったわ。エレーナさまは、恋人と逢い引きでもしていたのかしら？」

「本当に知らないのか？」

リリーベルはアレックスを見た。

アレックスは困惑している。

「知らないわよ。わたしはただ、エレーナさまに会いたいと思ってここへ来ただけだもの。エレーナさまには秘密の恋人がいて、交際を反対されてるの？」

「来い。そんなに、何もかも偶然のわけはない」

アレックスは呆《あき》れたようにつぶやくと、自分の荷物と上着を置いて、店の扉を開けた。


アレックスは最初にリリーベルを店の外に出しておいてから、自分が出た。

リリーベルの頭をかばうようにして、扉を閉める。道の前で軽くリリーベルの体をさえぎり、自分が先に渡る。

細身だが手足が長く、胸板が厚い。

……意外と、女慣れしてるのかしら、とリリーベルは思った。

ホテルでもそうだったが、この男はぶっきらぼうなわりには紳士というか、エスコートがうまいと思う。大げさに女性を敬《うやま》うことはしないが、日常的に、さりげなく自分が楯《たて》になるような動きをする。

客の来ないパブだけで食べていけるとは思えないけど……どうしてこんな街に住んでいるんだろう。

家族はいなさそう。似合わない。いつも、ひとりで飲んだくれていそう。

恋人は……ひょっとして、マリーとか？

リリーベルはなんとなく考え、はっとして首を振る。

いまは、余計なことを考えている場合じゃないというのに。

「あのあとわたしたちを襲ってきた三人組は？　ええと——名前はヴィンセント。わたしもお財布《さいふ》をすられたのよ。ホテルで脅《おど》して取り戻したけど——彼も、もしかしたら、ベルギーに関係しているのかしら」

「関係ないわけないだろう。脅すって……無茶するなよ」

アレックスは呆れたような怒ったような口調で言った。

道を歩くときも、自然にアレックスが車道側に立っている。

「でも、ただの柄《がら》の悪い人たちにしか見えなかったんだもの。レッドは、エレーナには関係ないって言ったし」

「このあたりの柄の悪い男が、高級ホテルにいたりしない。財布をすられたのは、身もとを調べるためだろうよ」

アレックスは言った。

「身もと？」

リリーベルは真顔になって、聞き返した。

アレックスはリリーベルに向き直った。

少しだけ厳しい顔になって、言う。

「覚えはないかもしれないが、リリーベル。おまえはけっこう重要人物なんだよ。エレーナに近づいて、何をするつもりなのか、と、ある人間に不審がられている。最初に言ったのは俺だったんだがね」

もう公園の入り口に来ていた。リリーベルは目をぱちくりさせ、アレックスを見上げた。

「わたしが？　誰に——何を疑われているっていうの？」

「ベルギーの王太子、フィリップから雇われているんじゃないかってね。彼はエレーナ嬢に執心で、彼女の恋愛に反対しているそうだ。だから、エレーナもこんなやりかたで恋人と逢《あ》うしかなかった。おまえは、フィリップに雇われて、エレーナと恋人との逢い引きを邪魔しようとしたんじゃないかって思われているんだよ」

リリーベルはぽかんとした。

「——その顔からすると、本当に心当たりはないらしいな」

「ないわ。わたしはただ、エレーナさまとレッドを会わせたかっただけ。それから——薔薇と、迷子の子犬を探さなきゃならなかっただけよ」

「レッドとエレーナを会わせて、どうする？」

「それは知らない。でも、たぶん——レッドは、エレーナさまのことを、好きなんだろうと思ったから」

リリーベルはつい、言ってしまった。

これまで誰にも言わなかったことである。

レッドがエレーナに会いたかったのは、予言うんぬんよりも、ただ単に、好きだったからなんじゃないか、と。

ということは、レッドがこの場所を指定したのは、エレーナと恋人の逢瀬《おうせ》を知って、邪魔するため……？

……あまり考えたくないのだが。

レッドが、子どもっぽい嫉妬《しっと》心で動く、なんてことは。

「エレーナさまはその恋人と逢い引きを邪魔するのって、大変なこと？」

「邪魔をしたかどうかはわからんが、ひとつの国の命運にかかわることかもしれない」

「でも、エレーナさまはしっかりしてるわ。本当に好きなんだったら、ちょっと邪魔されたくらいで心が揺らいだりしないわよ」

言いながら、リリーベルは気がつく。

本当に好きなんだったら、ちょっと邪魔されたくらいで揺らぎはしない。

だけど、本当に好きじゃないんだったら。

「エレーナ姫の恋人って、誰なの？」

リリーベルは尋ねた。

「アルベール。ベルギー王弟、フィリップ王太子の息子。次の次のベルギー王」

アレックスはなんでもないことのように答えた。

名前からすると重要人物そうだが、リリーベルにはどうもぴんと来ない。同じ宮殿で育った王子なら、エレーナの兄みたいなものだろうか、と思う程度である。

なんだか、残りそうにない感じである。

「どんな人？　写真かなんか、ある？」

「ここにはないが、店の新聞に何か載っているかもしれない。俺も興味がないから覚えてもいなかった」

「見せてくれる？」

「おまえたちがエレーナ姫に会った本当の目的と、どこの人間なのか教えてくれたらな」

「意地悪ね。ここまできたんだから、信用してくれてもいいでしょ。あなたのお財布、まだわたしが持ってるのよ」

「持ってないよ。レッドから返してもらった」

アレックスはポケットから黒い革の財布を出して、ちらっとリリーベルにかざしてみせた。

リリーベルはびっくりして、尋ねた。

「——ええと、じゃあなんで、ここまで運転してくれたの——？」

「成り行きってやつだ。気にするな」

アレックスはぶっきらぼうに言い、話を変えた。

「こうしてみると逢い引きには最適な公園かもな、確かに。警備が必要な要人には」

もう門のかたわらまで歩いて来ていた。エレーナの馬車が停まり、吸い込まれていった中央の門である。


リリーベルとアレックスは肩を並べて、公園に入っていった。

あのときはちらっと見ただけだったが、入って見ると意外と広い。ごつごつした高い木の間にしげみがあって、自然に散策できる道ができている。

かたわらには可憐《かれん》な赤い花が咲いている。夕闇の中ではさぞきれいだろう。

「偉い人っていうのはデートするのも大変なのね。――エレーナさまがアルベールと逢っていたのなら、このあたりかしら」

リリーベルはいちばん大きな木のかたわらに立ち止まり、つぶやいた。

ゆるくカーブした小道の真ん中だ。うまいぐあいに木の葉が屋根になっている。道の向こうは、方向からして、路地の側の門がある。

エレーナが中央の門から入り、アルベールが路地の側の門から入る。ふたりは違う道から入って、道の真ん中で出会うのだ。

「そうだろう。ここなら、道をふさいでしまえば誰も来ないし、誰にも見られないでふたりきりになれる。通りからも見えない」

アレックスは木の葉に軽く触れながら、目を細めた。

道に、土にまみれた花びらが落ちていた。リリーベルは空をみあげ、それから、しゃがんでそれを拾い上げる。

花びらはひとつではない。何枚か——それも、この場所だけだ。色は赤。見たことのある色

だ。道に散ってから、かなりたったもののようだった。

ということは、リリーベルはレッドの言うとおり、エレーナの頭の上から、薔薇《ばら》を降らせる

ことができたのだ。

それが、エレーナに何を決断させたのかはわからないけれど。

「そうか……」

リリーベルはほほえんだ。

よかった、と思った。

思わずアレックスを見上げ、向き合った。

あたりには誰もいない。ふたりきりだった。ふたりのいる場所は、道の向こうも、通りから

もさえぎられている。

木漏《こも》れ日《び》が、アレックスの肩にちらちらと落ちている。見上げると背が高い。

ざっと風が吹いて、リリーベルの髪が乱れた。アレックスが反射的に手を伸ばし、押さえよ

うとする。

アレックスの大きな手が、リリーベルの頬のあたりにある。

オリーブ色の瞳がリリーベルを見つめ、ふたりはなんとなく、見つめあった。

たぶん、エレーナとアルベールも、こんなふうに――。

「あ、ちょっと待って、アレックス。何も、こんな場面まで再現しなくてもいいのよ」

これではまるで恋人同士である、ということにリリーベルはふいに気づいた。あわてて、アレックスの体を向こうに押しやる。

「そ、そうだな。リリーベル」

アレックスははっとして手をひっこめ、同じようにあわてて、体をあとずらせた。

この男があたふたするのをはじめて見た。自分だけではなかった、ということに少しだけほっとして、リリーベルは目を逸《そ》らせ、なにげなく、遠くのしげみに目を移す。

つやつやとした赤い毛並みが、視界に入った。

目が合った。猟犬だ。赤毛のスパニエル――。

「あ！　あ、アレックス！　あそこ――見て」

リリーベルが言うと、アレックスがしげみに目をやった。

「――ヨアキム？」

リリーベルが名前を呼ぶと、犬はぴくりとリリーベルを見た。

ほんの少しだけ、尻尾《しっぽ》を振りかけ、リリーベルの顔を見て、あれ？　といった顔をする。

「ヨアキム！　あんたが迷子《まいご》の犬なのね！」

　リリーベルは、叫んだ。

「――あ、待って！」

　リリーベルが思わず声をあげると、ヨアキムはぴくりと耳をふるわせ、走り出した。

　リリーベルは、ヨアキムを追った。

　レッドは仔犬と言っていたが、思っていたよりも大きく、一抱《ひとかか》えもある犬だった。

　おまけに速い。赤茶色の犬は、みるみるうちに公園の小さな道の奥へ消えていく。

　追いつけるわけがなかった。相手は猟犬である。追ったら逃げるだけだ。

　でも、あきらめるわけにはいかない――とけんめいになっているとき、カーブした道の向こうにアレックスが見えた。

「来い、ヨアキム」

　アレックスはしゃがみこんでいた。さすがに地元の住人である。大きく手を広げる。ヨアキムはびっくりしたように止まろうとし、うしろにリリーベルがいたので判断に迷ったようだった。

　アレックスが体当たりをするようにしてヨアキムをつかまえ、足を持って羽交《はが》い絞《じ》めにする。リリーベルがかかえこんだが、ヨアキムは暴れ、そのかたわらをすり抜けた。

「――待て！」

アレックスは立ち上がり、追った。

ヨアキムはますます、全力で駆ける。

速かった。ヨアキムも速かったが、追いかけていくアレックスも速かった。

天気はよく、緑が美しかった。どこからか入って公園を散歩していた老夫婦が、ほほえましそうに犬と、追いかけるアレックスを見ている。

リリーベルはヨアキムをアレックスにまかせ、息を切らせて立ち止まった。ついていけない。

そのとき、キャン、と犬の声が聞こえた。

甘えた声だ。

リリーベルは顔をあげた。

走るヨアキム、そしてアレックスの先には、男がいた。

がっちりとした長身の男だ。彼は膝を折り、おだやかにひざを折って、ヨアキムをなでまわしていた。ヨアキムはやっとみつけた、というかのように大喜びで男性の胸に抱きつき、慣れた様子で顔をなめている。

「ようし、よし」

男は落ちついた声で、ヨアキムに声をかけていた。

青年、と思ったが近寄ると壮年の男性だった。細身で、姿勢がいいので気づかなかった。

グレイの仕立てのいいフロックコートを着ていて、どちらかといえばラフな格好だが、雰囲《ふんい》気《き》は固かった。彼のまわりには、ひとり、黒い服を着た男がいて、突然走ってきたアレックスを厳しい目で見ている。

アレックスには、そんなことを考える余裕《よゆう》もないようだった。はあ、はあ、と息を切らせ、汗みずくの顔でヨアキム、そして男を見るだけだ。

「ありがとう。この犬は大事な犬なんだ。きみが見つけてくれたんだね？」

男はヨアキムをかたわらの男にまかせ、ゆっくりとアレックスに手を差し出した。

アレックスは男の手を借りずに、立ち上がった。

向かいに立つと、アレックスのほうが少し背が高い。

アレックスの息が、やっと静かになっていた。荒っぽく右手で髪をかきあげ、シャツの右肩で、顔を吹く。

「アレックス、その人は？」

やっと、近づくことができたリリーベルが、尋ねた。

アレックスは軽く振り返り、軽く手をあげて、近づくな、と示した。

あらためて顔をあげ、右手を差し出す。

「失礼ですが——はじめてお目にかかります、ベルギー王太子、フィリップ殿下ですね？」

男のかたわらにいた黒服の男の目が厳しくなる。アレックスは彼にはかまわず、壮年の男の前に、ゆっくりと正式な礼をした。

「——なんであんたみたいな男が、あんな偉い人と、知り合いみたいに会ったりするのよ……」

リリーベルは車の中で、頭をおさえていた。

これは偶然か必然か。悩むところなのかどうか。

相棒がレッドでない、というのがどうも慣れず、どう考えたらいいのかわからない。

「知り合いじゃない。写真を見たことがあっただけだ」

「貴族のゴシップをあさるのが趣味なの？」

「まさか。エレーナ姫の名前も知らなかったくらいだ。ただ、こんなことがあったから、ちょっと見ておいたんだ」

「強権的な人だってことは、わたしもきいてたけど」

リリーベルはつぶやいた。

ヴェルヘルの宮殿では、あちこちの王族の話は出てきたのだが——ことに、ヴォルネー将軍などからは、フィリップ王太子は強引な策略家だと聞いていたのだが、まったくそんなことはなかった。

「……本当に、彼がエレーナとアルベールとの婚約を邪魔してたの？」

リリーベルは念のため尋ねた。

エレーナとアルベールが恋人同士で、フィリップはふたりの結婚に反対していた、というのはアレックスからきいたのだが——確かにエレーナは恋愛で悩んでいるふうだったが、どうも納得できない。

ベルギーからはるばるやってきて、ホテルに落ちつくまえにと犬を散歩させていたら、迷子になってしまったので、使用人と一緒に探していた——などと、ずいぶん間抜け……ではなくて、優しい男ではないか。

恋人のいる姪《めい》に縁談を持ってきて、いやがらせをするような男には見えないのだが。

「見かけだけじゃ人はわからんさ。まして上にたつ立場だ」

「おだやかそうな人だったけどなあ」

「故郷のヴェルヘルに帰りたがっていたエレーナ姫をずっと帰らせなかったのは彼だし、今回だって、いやがっているのに無理やり外国で結婚させようとしているようだ」

「……そうか……」

リリーベルは息をつく。

思いがけない人には会ったが、とりあえずレッドの言うとおり、迷子の仔犬——ヨアキムをつかまえたので、少し満足である。このことをレッドに報告しなければ、と思う。

「──アルベールはどこにいるのかしら、アレックス」

アレックスの運転でホテルに向かいながら、もうひとつ、リリーベルは気にかかったことを尋ねた。

「アルベール？」

アレックスは訊き返した。

アレックスはアレックスで、何か考えることがあるらしい。

「わざわざアーブルの人気《ひとけ》のない公園でこっそり会うくらい、情熱的に恋人を追いかけてきた男が、すぐに帰るとは思えないわ。ジョルダンホテルにいてもいいはずだと思うけど、今のところは見かけてないし。どこか別の場所で泊まっているのかしら」

「ホテルは目立つからな。エレーナに拒《こば》まれているのかもしれない」

「やっぱり、ふられた？」

「か、ふったか。他人のことなんてどうでもいい」

「クールぶっちゃって。本当はお人よしのくせに」

「何か言ったか？」

「いいえ」

リリーベルは知らんぷりをして、前を向いた。

アレックスはちらりとリリーベルに視線を走らせて、すぐに視線を前に戻す。

「——アルベールがいるとしたら、ホテルじゃない。友人の家だろう」

リリーベルはアレックスに目をやる。

「心当たりがあるの？」

「ああ。アルベールとエレーナにこの町を紹介した男だ。もとはといえば、そいつが計画したんだと思う。緑《ヴエール》公園はこの町に住んでいる人間しか知らないからね」

「そんな人がいたの」

「マリー・フォンテーヌの兄だよ。名前はテオドール。この街じゃいちばんの名士ってことになっている」

リリーベルはふっと考える。

「マリー……というと、いま、エレーナさまと一緒にいる方ね？」

「そうだ」

「ふたりが一緒にいる場所には、噴水があって、白い花が咲いているのよね」

「ああ。——行くか？」

アレックスのほうから、尋ねた。

「そうね。レッドが望めば」

アレックスは黙った。何か言いたいような感じだったが、言わなかった。

「レッド。帰ったわ。いろいろ考えたことがあるのよ。入ってもいいわね？　——レッド？」

リリーベルはジョルダンホテルの307号室の鍵《かぎ》を開けると、声をかけながら入っていった。

部屋の中に入っていき、見回す。

部屋の中には、誰もいない。寝乱れたベッドと、テーブルの上に飲みかけのミルクのカップが置いてあるだけだ。

「レッド？」

リリーベルは、叫んだ。

「レッド！」

悲鳴のような声になった。

いつのまにか入ってきたアレックスが、リリーベルのうしろに立ち、両肩を支える。

レッドのいないホテルの部屋で、リリーベルは呆然《ぼうぜん》と立ち尽くした。

7　海辺の告白

「大丈夫か？　リリーベル」

アレックスは、ホテルの部屋の中央に立ち尽くしているリリーベルにうしろから近づき、肩を押さえた。

そのままでいたら倒れてしまうような気がしたのである。

リリーベルが振り返った。

「レッドがいないわ」

見ればわかることを、言った。

黄金色をした瞳が、泣きそうになっている。さっきまでのしっかりした様子が嘘のように、リリーベルはうろたえていた。

「散歩にでも行ったんだろう。一日中、部屋にいるんじゃ退屈する」

アレックスはなんでもないふうに言ったが、リリーベルは首を振った。

「あの子は目的もないのに歩いたりしない。いなくなるとしたら、何か、やるべきことが見えたか……あの子の敵が来て、無理やり連れていかれたかだわ。でも、いくら見えたからって、わたしがいないときに、ひとりで動くことはないのに」

「無理やりってことはない。自分から出ていったんだ。あの子は賢い。この部屋の鍵《かぎ》はしっかりしているし、たとえ子どもだって、力ずくで押さえられたら暴れる。さっきだって、ひとりでロビーに下りてきただろう？」

「あのとき――レッドは、ひとりになりたいって言ったわ。何か、予感があったのかも。ひょっとして、あのあとすぐに、誰かが近づいたのかも！」

「あの時間じゃそんなことはできない。人の目がある。いくら無口だって、悲鳴をあげることくらいできるだろう。知り合いが来たなら別だが」

「レッドには知り合いなんていない。――誰かがスペアの鍵でこの部屋を開けて、連れていったんだわ」

リリーベルは、レッドが無理やり連れ去られる、という考えから抜け出すことができないようだ。

アレックスは眉《まゆ》をひそめる。幼児じゃあるまいし、少年が部屋にいないだけで、何を心配することがあるというのか。まして、ここは一流ホテルである。

テオドール？　と、ちらっと思った。

テオドールは、リリーベルと会う、と言っていた。

だがテオドールが気にしているのはリリーベルだけだ。いまのところ、レッドには何の注意も払っていないはずだ。

「——それはないと思うよ。見ればわかる」

アレックスはいったんリリーベルから手を放し、部屋の扉まで歩いて行った。

扉は内開きだが、床には、尖った三角形の扉止めが置いてある。

重いくるみ材の扉止めである。使い込んでいるらしく、つやつやと黒く光っている。扉を開こうとすると、先端が扉の下のすきまにがっちりと挟まり、扉を止めるしくみだ。

アレックスは扉を少し開き、長靴の先でそれを動かしてみせた。

「この部屋は、たとえ鍵があったって、内側の人間が扉止めを退《ど》かさないと開かないんだ。鍵穴からは、扉の向こうがいるか見える。無理やり連れ去られるってことはありえない。レッドは、他人に素直に扉を開けるタイプじゃないんだろう」

「あの子は、わたし以外の人は部屋に入れないわ。ホテルのメイドも」

「じゃあ誰かが部屋に無理やり押し入ってくることはない。金は?」

アレックスの言葉に、リリーベルはあわてて部屋にとって返し、ベッドサイドにある引き出しを開いた。

聖書の中に、フラン札がはさんである。

ヴィンセント——最初の日に、男からまきあげたお金だ。

リリーベルはそれを引き出して、札を数えた。

「十フラン札が一枚ないわ。レッドが持っていったのかしら」

「強盗じゃないことだけは確かだな。どうして十フラン？」

「あの子は変に律儀《りちぎ》なのよ。どれだけ使うかわかるから、その分だけ持っていくの。余分なお金は持たない」

「それはわかりやすくていいな。十フランで何ができるか考えればいい？　食事？」

「いいえ。レッドは、ひとりでレストランへ行かない。目的もなくどこかへ行ったりもしない。歩くのが嫌いなのよ」

どうやらレッドは、見かけ以上に変わった子らしかった。こんなふうに知るとは思わなかったが。

「十フランをポケットにねじこんでいった、ということは、生きるのには金が必要だということはわかっているってことだ。下へ行って、誰かに聞いてみればいい。あの子は目立つから、ドアマンが覚えている」

「目立ちたくないのよ……」

ゆっくりと話しているうちに、リリーベルの混乱はおさまってきていた。

アレックスは水さしからカップに水をくみ、リリーベルに渡した。リリーベルは素直に受け取って口をつけ、小さく息をついた。

「行こう、リリーベル」

アレックスは部屋のなかをざっと確認してから、リリーベルをうながした。

部屋を出た。鍵を閉め、ロビーに向かっていく。

中央の階段を降りながら、変だな、と思った。

最後にレッドがロビーに降りてきたとき、レッドは端の階段を使った。中央のらせん階段のほうが近いのに。

玄関を出たところにいたドアマンは、レッドを覚えていた。アレックスの問いに、ていねいに答える。

「赤毛の少年――覚えがあります。庭から出た道で、辻馬車《つじばしゃ》を拾っていきました」

「ひとりで？」

リリーベルが、勢いこんで尋ねた。

「はい。うまく拾えないようでしたので、お手伝いしました」

「どこまで行ったか、知らない？」

「覚えています。変わっているかたでしたので」

ドアマンはおだやかに言った。

若いが慇懃《いんぎん》ではなかった。このホテルの従業員は躾《しつけ》がいきとどいている。

「変わっている？」

「御者《ぎょしゃ》に、白い花の咲いているところ、と申し付けていました」

「——ありがと」

リリーベルは彼に礼を言いその場を離れた。

そのまま車を停めたところへ向かっていく。

「どこへ行ったか、わかったのか」

肩を並べながらアレックスが尋ねると、リリーベルはうなずいた。

白い花、と聞いて、急に落ちついたようだった。しっかりと前を見て、言う。

「わかったわ。正確には、あなたがわかっているはずよ。だって、わたしはその場所を、あなたからきいたんだから。わたしもレッドも、間違ってない。白い花が咲く場所——西の港の見える噴水公園、でしたっけ。そこへ行ってくれる？　あの子はひとりじゃ何もできない」

アレックスは逆らわなかった。乗りかかった船だ。

あたりまえのように車に乗るリリーベルとともに、アレックスは公園へ向かった。


ジョルダンホテルから、噴水のある公園——フォンテーヌ家の前まではなだらかな坂になっていた。

左右は、ブルジョアたちの屋敷が立ち並ぶ高級住宅地だ。色とりどりの、手をかけられた花が咲き乱れた様子は、セント・ヴァレリーの、雑多な通りとは違う。

「過保護だな、リリーベル。十四歳といえば子どもだが、ひとりで何かをするのに早い年齢でもない」

リリーベルが落ちついたのを見はからって、アレックスは尋ねた。

「きっと、あなたが十四歳のときは、そうだったんでしょうね」

「追われているのか？」

アレックスはさりげなく尋ねた。

アレックスは、リリーベルの言った、敵、という言葉を覚えていた。

もともと、リリーベルとレッドが育ちのいい姉弟で、なごやかな観光旅行をしていると思っていたわけではなかったが。

リリーベルは、うつむいた。

「正確には、追われているわけじゃないわ。つまり——わたしたちは、悪いことをしているわけじゃない」

「逃げているのは事実ってわけだ。何から？　家出してきたのか？」

「……そうよ」

リリーベルは、あきらめたように口を開いた。

「レッドの国に、彼の居場所はなかったの。みんな、レッドを理解していない。レッドはそこにいるだけなのに、勝手に邪魔者扱いしたり、宝物みたいにされたりするの。レッドは敏感だから、そういうのに巻き込まれたら、壊れてしまう。だから逃げてきたのよ」

アレックスは目をすがめる。ごく最近、同じような言葉を聞いたような気がした。

世の中には、いるだけで価値がある人間がいる。いるだけで邪魔な人間がいるように──。

誰かが、エレーナのことを言っていたのではなかったか。

エレーナとレッドは、似ているのか。

「レッドは、けっこうな家柄の御曹司《おんぞうし》ってわけか」

「そうよ」

「あんたは？　姉じゃないんだろう」

リリーベルは大きく息をついた。

「わたしはレッドの家庭教師。まだ雇われて一年たたない。でも姉も同然だわ。レッドには、ほかに家族が──本当に味方になってくれる大人が、いないんだもの。親身になってくれたのは、メイドだけだった。あとは──もうひとり──」

「誰だ？」

「エレーナさまよ。レッドは、そう思っていたみたい」

「だからここへ来たのか。エレーナ姫を頼るつもりで？」

リリーベルは黙る。

じっと考え、言葉を選んでいるようだった。アレックスはうながさなかった。

車は公園へ向かっていく。アレックスのかたわらで。実りの穂のようなリリーベルの髪が、さらさらとなびく。きれいな髪だった。

「……そうね。エレーナさまに気にいられて、レッドが成人するまで、ベルギーに置いてもらえればいいかも、ってわたしは思ってたわ。でも結局、エレーナさまはレッドを覚えていなかった。そんなに深い知り合いでもなかった。本当のところ――レッドが、エレーナさまに会ってどうするつもりだったのかは、わたしにはわからない」

リリーベルはしぼり出すように言った。

こういうとき、手を握ってやるべきなのかもしれない――と、アレックスは思った。もしも恋人なら、そうするのだろう。

ゆるやかなカーブを曲がると、公園の景色が見えた。

白い花が咲き乱れ、噴水が光っている。アレックスは車の速度をゆっくりにした。

「家庭教師が、面倒を見ていた子どもを連れて逃げたら、表むきは誘拐《ゆうかい》になる。罪になるのはおまえのほうだ」

アレックスは言った。

リリーベルは笑った。

思いがけず、明るい笑顔だった。無邪気で、少女らしく、とてもきれいな。

「そうかもしれないけど、いいのよ。レッドはひとりじゃ何もできないし、わたしはレッドがかわいいんだもの。本当の弟みたいで。わたしは、レッドがわたしと一緒にヴェルヘルを出る、って言ったとき、嬉しかったのよ」

ヴェルヘル、とリリーベルは言った。

ヴェルヘル王国は、ベルギーとフランスのとなりにある、小さな国である。

「なぜレッドは、エレーナがセント・ヴァレリー通りにいる、ということを知っていた？」

アレックスは注意深く、尋ねた。

そもそも、それがはじまりだったのである。テオドールやマリーがリリーベルを不思議がり、疑っているのも、それが、偶然では説明つかないからだ。

エレーナとレッドがつながっていたわけでない、政治的な力があるわけでもないなら、どうしてレッドは、エレーナがアーブルに来るということがわかったのか。

「レッドは予言者なの。未来を、あらかじめ見ることができるのよ」

リリーベルは言った。

何もかも観念したかのようだったが、投げやりにはなっていなかった。言ったとたん、ほっと力を抜き、背中を背もたれにもたせかける。急に緊張がほどけたようだ。

「——予言……？」

「信じないなら、それでもいいけど」

「説明を」

「ルーアンで——わたしたちがヴェルヘルから旅して、しばらく滞在してた街だけど——レッドが言ったの。わたしたちは、あの日、あの時間に、アーブルのセント・ヴァレリー通りにいる、って。そしてわたしは、薔薇《ばら》をエレーナの頭の上から降らす。それが最初。そして、迷子《まいご》の仔犬を探す。それが二番目」

アレックスは、車のスピードをゆるめ、左右を見た。

住宅地だということもあり、誰も通っていなかった。角を曲がればフォンテーヌ邸《てい》に行きつける。

フォンテーヌ邸の門の横に、空いた場所がある。馬を休めたり、方向をかえるのに使う場所だ。アレックスはそこへ向かってハンドルを切った。

車を停め、リリーベルの顔を見る。

「エレーナがセント・ヴァレリー通りにいる、薔薇を降らし、迷子の仔犬を探す」

アレックスは、リリーベルの言葉を繰り返した。

「そう。わたしはルーアンで列車の時間を調べ、残りのお金を使って、この街まで来たわ。そして、公園に薔薇を放り投げ、今日、犬を探しに行った」

リリーベルは答えた。

「レッドが、エレーナと実は交流があった——文通していたとか、そういうことではなくて？」

「そういうのじゃないの。エレーナさまとはホテルで会ったけど、レッドのことなんて覚えてもいなかった。レッドだって、ルーアンでそのことが確定して、わたしに言うまで――ううん、言ってからも、アーブルって街の名前も知らなかった」

アレックスは厳しい目で、リリーベルを見つめる。

リリーベルの表情に冗談はかけらもなかった。

「エレーナとも、ベルギーの誰かとも、知り合いだったわけではなく。おまえとレッドは、ただ、思いつきであの道へ来た、ということか？」

「思いつきじゃないわ。レッドが言ったの。これは、『確定』だって。確定したことは、必ず起こること。だから、わたしは従わなきゃならないのよ」

「――レッドは、どうやってこの街のインスピレーションを得た？　たとえば新聞――それとも、誰かから聞いて？」

「新聞は読んでない。人とも話さない。難しいことはわからないわ。わたしが知っているのは、レッドには未来がわかる――これから起こる一場面が、見えるんだってことだけよ」

ものわかりの悪い子どもにさとすように、リリーベルはアレックスに言った。

「アレックス、ものごとは別に、しくみなんて知らなくても、そうである、ということを知っているだけでじゅうぶんじゃなくて？　カジノで、ツキにツキまくっているとき、ディーラーが玉を落とした瞬間に、出る目がわかったりするでしょう。あれに理由をつけられる？　あたしは、レッドには、ああいう状態が常に起こっているんだと思ってる」

アレックスはリリーベルを見つめた。

「――レッドが予言者だと――それが事実だっていう証拠は？」

「レッドの、いちばん最近の予言を言うわ。ただし、これは確定じゃないかもしれない。途中で止めちゃったから」

リリーベルはアレックスを見つめて、言った。

「マリー。噴水があり、白い花が咲く公園。仔犬が二匹。金髪の男。これが当たるかどうか」

アレックスはリリーベルを見つめ返す。

予言者とは、リリーベルのことではないかと思う。大きな瞳が、黄金色に光っている。

「それが――予言？」

「そうよ。そして、わたしたちは迷子の子犬を見つけ、白い花が咲く公園に向かっている。そして、そこにはマリーとエレーナがいる。レッドもいる。レッドは、自分の言葉を見届けるために辻馬車《つじばしゃ》に乗ったのよ」

アレックスは車のエンジンをかけた。

前を向き、無言で車を発進させる。

公園が見えてくる。

アレックスは車を停める場所を探して、スピードをゆるめてまわりを回った。あたりを走る馬車は豪華で、どの馬もつやつやと光っている。街中を走っている、流しの辻馬車とは違う。車を停める場所には気を遣う。音で馬を驚かせたくないのである。

「――犬が、二匹と言ったな」

公園のまわりをぐるぐるまわって、やっと海沿いの小さな門を見つけた。

アレックスは門を入ったところで車をとめながら、尋ねた。

「一匹は、ヨアキムだろう。もう一匹は、どこの犬だ？」

「それは、わからないわ。それが何なのか、とか、何のためにそれがあるのか、なんてことは、レッドにだってわからないのよ」

「ヨアキムのほかにもう一匹、犬を見つける必要があるのか？　それともどこかで、もう一匹と合流するのか――」

アレックスは言った。

そのとき、リリーベルがはっとして、顔をあげた。

「レッド」

リリーベルがつぶやく。

レッドがいた。

レッドは高台にいる。きれいな芝の丘の上に立っている。リリーベルには気づいていない。

高い木に片手をかけ、無表情で公園を見下ろすレッドは、神秘的なまでに、美しかった。

遠くの噴水が陽光に照らされてきらきらと輝いている。それすらまるで、レッドの赤い髪と瞳を際立たせるためにそこにあるかのようだった。

レッドは彫像のようにじっと立ち、何かを待っていた。


「先に乗ってくださいな、エレーナさま」

エレーナが馬車に乗り込むと、マリーがあとから乗り込んできて、扉を閉めた。

イヴ、エレーナ、マリーの順である。

イヴはエレーナを窓際に座らせない。マリーと外に出るのもあまりいい顔をしなかった。ホテルの居間で過ごせばいいというわけである。

ジョルダンホテルにマリーが来たとき、アーブルの名所、ホテルの窓から見える、きれいな公園を案内してほしい、と提案したのはエレーナだ。

フォンテーヌ家の裕福さをあらわすかのように、馬車は新しく、こざっぱりとして気持ちがよかった。

「ありがとう、マリー・フォンテーヌさま。お会いできて嬉しいわ」

「わたくしこそ、光栄だわ。マリーって呼んでくださいな。いいお友だちになれるだろうって兄からも言われておりますのよ。なんでもお話しになってください」

マリーはにっこりと笑った。

テオドールの妹だけあって、きれいな少女だ。やや濃い金髪が、港町の陽光に映えている。

エレーナはほっとした。

マリーには邪気はない。素直にエレーナを歓迎している。

エレーナは目の前にいる人間が自分に素直な好意を向けているかどうかわかるのである。

たとえそれが伝統ある王族であっても、有名な貴族であっても、高慢だったり、逆に、エレーナにおもねるような気持ちがあると、心を開けない。

イヴは、どうしてエレーナさまが、あのかたを遠ざけるのか、または、どうしてあんなかたと親しくするのかわからない、などと言うのだが——エレーナにしてみれば、イヴや、ほかの人間にわからないのが不思議だ。

たぶん——レッドなら（あるいは一年前にヴェルヘルで会った少年なら）、わかることなのだろう、と思う。

「——ホテルに閉じこもっているのでは退屈するのではないかと思って、ご本を持ってきましたのよ、エレーナさま。読書家だと聞いておりましたので」

マリーの言葉に、エレーナは顔をあげる。

マリーはエレーナが考えに沈むのには頓着《とんちゃく》せず、かたわらにおいてあった、大きな手提げバッグを開いた。中から一冊取り出して、エレーナに渡す。

難しい本か、と警戒したら、そうではなかった。軽い紙の装丁《そうてい》になっている、女性向けロマンス小説のシリーズだ。

「こんなところで、ロマンス小説をすすめられるなんて思わなかったわ」

一気に、気持ちがほぐれた。エレーナは戸惑いながら、言った。

ロマンス小説は少女たちの間では流行だが、親の世代にはあまり歓迎されていない。読みすぎると、結婚が遅くなるというのだ。

「大好きなんですの。エレーナさまはお嫌い？」

「叔父《おじ》さまにとめられているの。でも、イヴが大好きだから、ときどき読むわ」

「エ、エレーナさま、そんなことを、こんなところで」

イヴがあわててエレーナの言葉をさえぎった。

「あら、恥ずかしがることはないわ。真夜中にひとりで本を楽しむのに、もったいぶった教訓なんていりませんもの。――この作者は好き？」

マリーは嬉しそうだった。手にした本の表紙を見せる。

イヴとエレーナはマリーの手もとをのぞきこんだ。

マリーがエレーナに渡した本の作者は、マリー・トロワ、とある。

「最近の人ね。読んだことはあるけど、あまり好きじゃないわ」

エレーナが言うと、マリーの笑顔が軽くひきつった。

「――わたくしは面白いと思うんだけど」

「ちょっとご都合主義な気がして。それに男の人がいつも同じ。強引すぎるんですもの」

「そ、そうかしら。強引な男性は素敵じゃないかしら？」

「あら、わたしは好きですわ、マリーさま」

「イヴは表面にだまされすぎよ。きれいな人だから心もきれいなわけじゃないのに」

「表面は大事ですわよ、エレーナさま！」

マリーとイヴの声がそろったが、エレーナは首を振った。

「わたくしは、きれいな人よりも優しい男性が好きなのよ」

「優しい男性は弱かったりしますわよ、エレーナさま。それだったら、優しくなくても強いほうが」

イヴが珍しく反論した。マリーが割ってはいる。

「よく読んでくださいな、エレーナさま。この話の男性は強引なだけじゃありませんわ。お姫さまが落ち込んでいたらなぐさめたり、優しい一面も持っていますのよ。強くて優しい男性、それがいちばんいいんじゃありません？」

「落ち込んでいたら、放っておいてもらいたいわ」

「……意外と現実的ですのねえ。参考になるわ」

「すみません、マリーさま。エレーナさまはロマンスの機微《きび》がわからないんですわ」

イヴが途方にくれたような声で言った。

エレーナはおかしくなり、ほほえんだ。イヴこそ、現実的にみえてロマンティストだ。

「やっと笑ってくれましたのね、エレーナさま」

マリーが笑い返し、ふと、小さな声でささやいてきた。

「エレーナさま。現実に――好きな人がいますのね？」

エレーナはどきんとした。

ちらりと横を見る。

マリーのほほえみはさっきと同じだ。別に、探るようなところはない。

年の近い少女が、いたずらっぽく初恋を告白しあうのはこういうときなのかと思った。――

エレーナにはは経験のないことだが。

エレーナはリリーベルと、こんなふうに仲良くなれるのかと思ったのだ。

窓の外は明るい光が満ちていた。馬車は公園に向かっていく。

「――そう。いるわ」

エレーナははじめて、言葉に出した。

「エレーナさま！　こんなところで」

イヴがびっくりして叫んだが、エレーナは気にしなかった。

「いいのよ、イヴ。マリーはテオドールの妹ですもの。知られたってかまわないわ。誰にも言わないでね、マリー」

「もちろんよ、エレーナ。おにいさまにも、言いません。秘密よ」

マリーは唇に、いたずらっぽく指をあてた。

「エレーナは、その人と結婚するために、この町に来たのね？」

「ええ、そう。迷っていても時間がたつだけだから、決めてしまおうと思ったの。でも――ここへ来たら、まったく別の結論が出たわ――」

エレーナは正直に答え、ふいに、確信した。

――やはり、レッドはあの少年だった、と。

レッドはエレーナがアーブルに来ることを知っていた。だから、わざわざエレーナの前にやってきたのだ――。

彼は『奇術師』だから。

タロットでは、1のカードだ。はじまりの場所。

彼は、わたくしに、欲しいものをあげる、と言った。

彼がエレーナの頭上に赤い薔薇をふりそそがせた。そして、赤い薔薇の間からあらわれて、言ったのだ。

叔父《おじ》さんが、嘘をついたんだね？　と。

ええ、そうなの。あなたには、わかるのね。

馬車は住宅地を抜け、ややにぎやかな通りに出ていた。といっても、先日に訪れた公園のあたりとは違う。あちこちにきれいな花が咲き乱れ、あたりを歩いているのも、パラソルをさした婦人や、山高帽《やまたかぼう》をかぶった紳士たちである。

「どんな結論ですの、エレーナさま？」

マリーは声をひそめ、笑顔を消している。打ち明けられることが重大なことだと気づいているかのようである。

「——わたくしの故郷は、ベルギーだということよ」

エレーナは、言った。

マリーはきょとんとした。思ってもみなかった話らしい。

「故郷？」

「ええ。去年、わたくしは、父の故郷——ヴェルヘル王国に行ったの」

「ヴェルヘル王国？」

「ええ。わたくしとヴェルヘル王国のヨアキム王子との間には、婚約の話が持ち上がっていたの。わたくしはずっと迷っていたけれど、断らなかったわ。叔父さまがそう望むのなら、運命に従おうと思って、ヴェルヘルに行ったのよ」

イヴが心配そうにエレーナを見ているが、口をはさまなかった。マリーは少し首をかしげて、聞き返した。

「でも、婚約しませんでしたのね？」

「ええ。王子がわたくしに会わなかったから。王子がわたくしによこしたのは、一匹の赤毛の仔犬。猟犬のスパニエルだけ。わたくしはヴェルヘルの王子に婚約を、断られたのよ」

「エレーナさま、そんなことをお話しにならなくても！」

イヴがさえぎったが、エレーナはふっと笑った。

「でもね、本当は違うの。わたくしは、自分の属する国がどこなのかわからなくて、絶望して、運命に身をまかそうとしていたんだわ。ヨアキム王子は、そんなわたしの気持ちに気づいて、わたくしのために、断ってくれたのよ」

エレーナは言った。

そしてわたくしは、この街へ来て、もう一度あの少年と会った。

「エレーナさまはそのとき、結婚とは、愛する人と結ばれるものだって思ったのね？」

エレーナはふっと笑って、首を振った。

「いいえ。逆よ」

「逆？」

マリーが目をぱちくりさせる。

「そのときわたくしが思ったのはね、けして外国には嫁《とつ》がない、ってことだわ。わたくしは、ベルギーの王妃《おうひ》になるって決めたの。たとえ、王への——アルベールへの愛が、なくともね」

「エ、エレーナさま、それでは、まるで——」

イヴがおろおろとして、叫んだ。

イヴにとってははじめて聞く話なのだ。

エレーナがアルベールを愛していない、ということは。

だが、王妃になりたかったのは本当だ。

フィリップは——王太子は、いまの王が没したら、自分を経由せずにアルベールに王位を継がせるつもりでいる。そのほうが、治世《ちせい》が長引くからだ。

ならば、自分はアルベールの妻になればいい。簡単なことだ。イヴや、まわりの人間すべてがそれを望んでいる。——フィリップと自分を除いて。

だから、できなかった。頭ではそう思っても、自分が間違った道を行こうとしているような気がしてならなかった。だから、この町へ来たのだ。

あの公園で、アルベールを見て——同時に、一枚の絵のように赤い薔薇《ばら》が頭上に降り注いできたとき、エレーナはほっとした。

これで逃げられる。

神秘の力が、この結婚を望んでいない、ということにすればいい。

だがこんなことは、イヴには言えなかった。イヴは純粋すぎる。

「ごめんね、イヴ。あなたにはあんなに、アルベールとわたくしとの間を応援してもらっていたのに。わたくしは、アルベールを愛してなんていないの。ただ、王妃になりたかっただけ」

エレーナは謝った。

イヴには悪いと思うが、エレーナはやっと隠していたことを口に出して、せいせいした気持ちになっていた。

「――で、でも、エレーナさまは、好きな人がいたじゃありませんか！　ずっと、夜ごとに泣いて、枕を濡らしておられました。そのことをわたしは知っているのですよ！」

「あれは、ヨアキムのことを考えていたからよ、イヴ」

「ヨアキム？　ヨアキムはかわいい犬ですけど、もうすっかり、フィリップさまの猟犬ですわ」

「そういう意味じゃないの」

エレーナは静かに言った。

馬車が停まる。

イヴは混乱している。あたりまえである。テオドールの協力を得て、エレーナとアルベールの間をとりもったのはイヴなのだから。

セント・ヴァレリー通り――あの場所にある公園でアルベールが待ち、そこにエレーナが来てつかのまの逢瀬《おうせ》をする――そして、そのときにふたりで結婚に対する合意をする。そして、愛を確かめあったふたりはそのまま、ジョルダンホテルで愛の日々を過ごす——と、イヴはそういう筋書きを夢見ていたのだ。

窓の外には、さんさんと太陽が照らし出している。マリーが馬車の扉を開けると、光とともに潮《しお》の香りが入ってきた。

さらさらしたドレスを持ち上げて馬車から降り立ちながら、やっと、アーブルという町に一歩を踏み入れることができた、とエレーナは思った。

先に馬車から降りたマリーが、エレーナに手をさしのべながら、尋ねた。

「——本当にお好きな人のお名前は、なんていうんですの？　エレーナ」


馬車から降りたエレーナは、帽子に手をやりながら、空をながめた。

いい天気だった。どこかから水音が聞こえてくる。噴水の音だ。

アーブルへ来てはじめて、エレーナは自由な気持ちになっていた。

「エレーナさま……」

イヴが不安そうにつぶやいた。

「ごめんね、イヴ」

「いいえ。いいんですわ。エレーナさまがしあわせになることがいちばん大事ですもの」

イヴは自分に言い聞かせるように言った。

エレーナがアルベールを好きではない、ただベルギー王妃になるためだけに求婚を受けようとしていたのだと知ってショックを受けていたが、もう覚悟を決めたようだ。

「大丈夫よ、エレーナ。おにいさまに相談すれば、きっとなんとかしてくれるわ」

マリーが言うのに、エレーナはほほえんだ。

ゆっくりと歩きながら、エレーナは、レッドに会いたいと思った。

レッドならすべてを知っている。見ることができる、教えてくれる。

セント・ヴァレリー通りで薔薇が降ってきたことさえ、レッドがやったのではないか、と思った。

「テオドールさまには感謝しているわ。お礼を言わなくては。アーブルがこんなに素敵なところだとは、知らなかったのよ」

エレーナはマリーに言いかけ、ふっと言葉をとめた。

歩く道の先、白い花の咲き乱れる花壇《かだん》の向こうに、小さな芝生《しばふ》の丘がある。

その上に、小さな赤いものを見つけたのである。

十二歳の、赤毛の少年である。彼は無表情のまま、しっかりと立って、エレーナを見下ろしていた。

——レッド。

違う。

一年前に、ヴェルヘル王国の宮殿の中庭で会った。月明かりの中で、わたくしを、しあわせにする、と言った少年。

ヴェルヘル王国の、ヨアキム・フェルディナンド王子――。

エレーナとレッドは、見つめ合った。

エレーナはほほえんだ。

レッドは、エレーナの気持ちをわかったようだった。かすかにほほえみかえす。

エレーナにも、レッドの気持ちがわかった。

きみが、ほんとうに欲しいものを、ぼくがあげるよ――と、彼はずっと、言いたかったのだ。

これまでも、これからも。あなたがしあわせでありますように。

「――エレーナさま？」

エレーナが止まってしまったので、マリーがけげんそうにエレーナの視線をたどる。

レッドはまっすぐにエレーナを見つめ、マリーがみつける前に、ふいと姿をひるがえした。

「待って。――ヨアキム！」

エレーナは、叫んだ。

「――ヨアキム？」

イヴはつぶやき、びっくりしたようにあたりを見回した。

エレーナはドレスのすそをつかみ、レッドの行く先に駆け出そうとして――ふたたび、止まった。

花壇の横から、もう一匹の犬が現れたのである。

正確には、犬を連れた男――つい数日前まで、エレーナが夫にしようと思っていた男が。

アルベールは呆然《ぼうぜん》としているエレーナの前にすすみ出ると、かがんで公園に犬を放した。

ヨアキムとは似ても似つかない、黒と白のグリフォンテリアだ。

「――ソレイユ？」

マリーが驚いたように声をかけた。

ソレイユはマリーの声に、ぴくっと耳と動かした。頭をまわし、はねるように駆けてくる。

「ヨアキムじゃ――ないわ――」

エレーナは、つぶやいた。

意味がわからない。アルベールが何をするためにここにあらわれたのかも、わからない。

「ヨアキムは見つからなかったんだよ、エレーナ。これは、テオドールの犬だ。きみが欲しいなら、もっと素敵な犬を、いくらでも贈ってあげる」

アルベールはマリーとイヴがソレイユを抱き上げるのを見はからい、エレーナに近づいてきた。

　エレーナの前まで来て、もう一度、口を開く。

「この間は、悪かったよ、エレーナ。最後までいえなかった。だからいまこそ、続きを言おう。——ぼくと」

「ソレイユ！」

　アルベールが決意の言葉を言い終わる前に、目の前にソレイユが飛び出してきた。むずがったソレイユがマリーの腕から飛び出たのだ。

　小さなグリフォンテリアは、とことこと走って、アルベールとエレーナの間に割り込んだ。

「こら！　だめでしょ。大事なところなんだから！　こっちへいらっしゃい、ソレイユ！」

　マリーがあわてて追いかけてくる。

　アルベールが黙った。明らかにむっとしている。

　それを見て、エレーナはなぜか、笑い出したくなる。

　いつもこうなのだ。すべてのお膳《ぜん》立てが整っていてさえ、アルベールは肝心《かんじん》のところで間違える。

　エレーナは、彼と自分がふたりで並んでいる情景を想像できない。

　だからわたくしは、彼をどうしても、運命の人だと思えない——。

「いいのよ、マリー。わたくしの答えは、もう決まっているわ。——アルベール、わたくしは、好きな人がいるのよ」

アルベールが目をむいた。イヴがさすがに気まずそうな顔をして、目を伏せる。

「——エレーナ、それは——」

「それは誰なんだい、エレーナ」

そのとき声がして、エレーナは息を呑《の》む。

うしろからもうひとり、男が現れたのである。

エレーナの大切な人。

ずっとそばにいて、エレーナをなぐさめ、しあわせを祈っていた男。彼こそがエレーナの帰るべき場所。

ヨアキム王子だけが、見抜いていた。一年も前から。

だからエレーナは彼に従い、彼のところへ戻っていったのだ。

「おとうさん……どうして、ここに……？」

アルベールの声が、急に情けないものになる。

やっと、追いかけてきてくれた——。

胸がいっぱいになり、気がつくと、エレーナは駆けていた。

ベルギー王弟、エレーナがずっと愛していた、フィリップのもとへ。

エレーナはフィリップに駆けより、叫んだ。

「いくじなし！」

フィリップは何も言わず、エレーナを抱きしめた。

それからエレーナは、フィリップの胸にすがって、泣いたのである。


白い花を背景にして抱き合うエレーナと、ベルギー王太子、フランター伯フィリップ。

こらえきれない笑顔で手をとりあうマリーとイヴ。びっくりしている金髪の男。

ふたりの足もとでは二匹の犬が追いかけっこをしている。追いかけるのが小さな白黒のグリフォンテリア、そして、追いかけられるのが大きなスパニエルのヨアキムだ。

きっと、レッドが見たのはこの景色だったのに違いない、とリリーベルは思った。

だからリリーベルは、フィリップにこの公園を教えた。

エレーナはここにいる。ここで、赤毛のスパニエルのヨアキムを、エレーナに会わせてやって、と。

それがエレーナのしあわせ。

そして、運命に割り振られた、わたしの役目。

エレーナやマリーに気づかれるまえに、リリーベルはレッドを探した。

噴水の前にある芝生《しばふ》の丘。遠くにみえた道を急いで走っていくと、赤毛の少年がうつむきながら歩いてくるのが見えた。

「——レッド！」

リリーベルは、叫んだ。

レッドが顔を向けた。

少しだけ、寂しそうだ。さっき見かけた、神々《こうごう》しいような美しさはどこにもない、もとに転がってきた小石を蹴《け》っている姿は、どこかふてくされているようにすら見える、ただの赤毛の少年だった。

リリーベルはレッドをつかまえた。

服装はホテルで会ったときのままだ。風に吹かれて髪が乱れている以外、どこにも変化がないことを知ると、安心のあまり力が抜ける。

「何でこんなところにいるのよ、レッド！　予測できないことはしないって言ったでしょう？」

「リリーにそんなことを言われるとは思わなかった」

レッドはつまらなそうに言って、リリーベルを見上げた。

「終わったよ、エレーナは、たどり着いた。しあわせになる」

「——終わったの？」

「そう。完了した、リリー。ぼくは、これからどうすればいいの」

レッドは途方にくれた子どものようだった。

もう、見える未来の絵がないのだ。

レッドはリリーベルの答えと、リリーベルが決める道を信頼して、すべてを預けていた。

リリーベルはひざまずき、赤い瞳を見つめた。

「次は、あんたがしあわせになるのよ、レッド」

リリーベルは心からの愛と願いをこめて答え、しっかりとレッドを抱きしめた。

8　青い男、赤い少年

「いやあ、よかったよかった。不肖《ふしょう》ビクトル、まったく関わらなかったけど、めでたい話は嬉しいものですよ」

満面の笑みで、ビクトルが言った。

場所はフォンテーヌ邸《てい》。豪華な応接室である。

例によってアレックスは立ち、マリーとビクトルは長椅子《ながいす》に座っていた。

テオドールは親友にして重要な客であるアルベールと話し合うことがあるからといって、席をはずしている。

リリーベルとレッドは——フォンテーヌ邸までは一緒に来たのだが、別室にいる。レッドはこの屋敷に来ることも拒否したのだが、あまり言い張っては目立つので、とりあえずアレックスが車に乗せたのだ。

マリーが、子どもに聞かせることじゃないからとふたりのために別室を用意してくれたとき、アレックスはひそかに安心した。レッドに注目を集めさせたくない。

少なくとも、リリーベルが言ったことが――レッドが、予言者である、などということが本当なのかどうか、確かめてみるまでは。

「つまり、エレーナ姫は最初から、フィリップ殿下と愛し合っていた、っていうわけなんだな……？」

火のない暖炉《だんろ》に体を寄りかからせながら、アレックスはマリーに言った。

「ええ、ずっと好きだったんですって。一年くらい前に、エレーナさまからフィリップさまに打ち明けたのよ」

マリーは言った。マリーは馬車の中で、エレーナから事実を打ち明けられたのだ。

エレーナとフィリップはとりあえず、ジョルダンホテルに滞在することになった。

予定は延ばせないので、フィリップとエレーナは外遊に出かけ、仕事が一段落したのちに、エレーナを正妻にするための手続きに入る、という段取りである。

フィリップは庶民《しょみん》的な王太子だが、巷《ちまた》の噂《うわさ》どおり、いったん決めたら何があっても実行するようだった。息子のアルベールの弱弱しい反論を黙らせると、従僕たちのほうが目を白黒させながら、事後処理のために走り回っていた。

「フィリップ殿下のほうがエレーナ姫のことを好きだって噂だったけど、実際は逆だったとはなあ。恋愛っていうのはわからんものだ」

ビクトルはしみじみと言った。

フィリップはマリーに感謝して、落ちついたらベルギーを訪れるように申し出たのだが、それをきいてなぜかビクトルが舞い上がってしまい、船会社の次期社長としては、ベルギーの海を大切にしなくてはならん、とわけのわからない決意表明をしていた。

「フィリップ王太子はエレーナ姫が好きだったから、母親が亡くなったのち、隣国の父親のもとへすら、返さなかったんじゃないのか？」

「それはフィリップ王の優しい嘘だったんだわ」

マリーは遠くを見るような瞳になって、ため息をついた。

「エレーナのおとうさまは、エレーナなんて最初からいなかったみたいに、ヴェルヘルで新しい家庭を築いていたのよ。フィリップさまは、エレーナにずっとそれを隠していたの。エレーナはおとうさまを恋しがっていたから、エレーナが傷つくくらいなら、自分が悪者になって、会わせないでいるってほうがいいと思ったのよ」

「だけど、いつまでもごまかしきれるもんじゃなかったと」

ビクトルが言うと、マリーは紅茶を口に運びながら、うなずいた。

「エレーナがはじめてヴェルヘル王国に行ったのは去年の夏。おもてむきはヨアキム・フェルディナンド王子との婚約のためってことになっていたけど、本当はただ父親に会いたかっただけだったんですって。それなのに父親が家族の手前、ふたりきりの面会は拒否したそうよ」

「王子との婚約は？」

「整わなかったわ。ヨアキム王子はまだ少年だし、変わり者で、王子とは思えないくらい醜《みにく》いって噂ですからね。ともかく――父への想いがやぶれてはじめて、エレーナはフィリップさまの深い愛に気づいたんだわ」

「いくじなしって言ってたがな」

「あら実際、いくじがないわよ。名目上は叔父《おじ》って言っているけど、血はつながっていないんですもの。奥さまはだいぶ前に亡くなっているし。愛し合っているくせに、年齢差があるからって気おくれして、ほかの男性との縁談をあてがおうとしてたなんて、女としては拗《す》ねたくもなるわよ」

男の気持ちもわかるアレックスとビクトルは、目を合わせて微苦笑する。フィリップだって、自分のためだけにエレーナを遠ざけたかったわけではあるまい。

「エレーナ姫は、ファザコ……いやいや、年上の男性に惹《ひ》かれやすいタイプだったんだな。知らなかった。不覚だ」

ビクトルはつぶやいた。この話をするときだけは少し調子が下がる。

アレックスはなんとなく窓の外を見つめる。

長い夕暮れが終わりそうになっていた。どこかからやってきたソレイユが、足もとにじゃれついて来る。

「――アルベール王子は？」

「アルベールさまは、ずっとエレーナさまが好きだったのよ。まわりからもお似合いだって言われていたし、エレーナは、フィリップさまと結婚できないなら、外国に嫁《とつ》ぐくらいなら、いっそアルベールさまと結婚しようっていったんは決めたのよ。この街で叔父さまへの想いを断ち切ろうと思ったんですって」

「アルベールはそれを知って、すわチャンスと追っかけてきて、求婚しようとした。それが、あのセント・ヴァレリー通りの公園の一件か……」

「そうね。でも、土壇場《どたんば》で踏み切れなかったのよ。ええとね——薔薇《ばら》が降ってきたんですって」

「それがよくわからないが」

「ま、いろいろあるのよ。女の子には」

マリーはいたずらっぽく笑って、薔薇の効力について話してくれなかった。

「リリーベルとおまえは野暮《やぼ》だったな。ちょうど居合わせたおかげで、巻き込まれた」

「まあな……」

アレックスはつぶやいた。

つまり、リリーベルとレッドは、あの場所にいて、よかったのだ。

父親に捨てられ、好きな男にはほかの男との結婚をすすめられ、自棄《やけ》になっていたエレーナは、アルベールと投げやりな結婚をするところだった。どういうわけか土壇場で我に返り、求婚を受けなかったのは、リリーベルとレッドのおかげ――らしい。

レッドはそれをあらかじめ知っていたから、あそこにわざわざ出かけて行ったわけだ。

しかし、レッドはなぜ、エレーナのために、そこまでしたのだろうか。

考えていると、かちゃり、と音がして扉が開いた。

なんとなくわかっていたが、アレックスは目をやった。

扉の向こうからはテオドールが入ってきた。

いつもながら、頭のてっぺんからつま先まで。効果的な登場の仕方をはかっていたかのようである。

「アルベールは旅支度《たびじたく》をしているよ、今夜中にたつそうだ。彼は彼で、国でいろいろやるべきことがある。父親の火消しも必要だしね」

テオドールは言った。ゆっくりと顔をまわして、アレックス、それからビクトルを見る。

「ふられてしまったからには長くいる理由はない、ってやつですかね」

「そのとおりだ、ビクトル。きみも面識が欲しいだろうから、あいさつしてくればいい。親友ながら愚痴《ぐち》っぽくて、ぼくとしても頭が痛いところだよ。気にいられるように頼む。――アレックス、きみはいいだろう。少し、ぼくに時間をもらえるかい？」

「――俺？」

アレックスはかすかに眉《まゆ》をひそめて、答えた。

テオドールは待っている。アレックスはちらりとマリーとビクトルをうかがってから、暖炉《だんろ》から背中を離した。

「きみが、ヨアキムをつかまえる手伝いをしたんだってね。フィリップ殿下は感謝していたよ」

ふたりで廊下《ろうか》を歩きながら、テオドールはさりげなく切り出した。

「たまたまだ。新聞は読んでおくものだな」

テオドールはその言葉には答えないで、かすかに笑った。

「あのふたり――リリーベルとレッドと、話をしてみたいと思うんだよ。ヨアキムをつかまえたお礼のついでと、どうしてあの場所にいたのか、正確なところを確かめにね」

テオドールの用件は思ったとおりだった。

アレックスは彼の顔に目を走らせる。

並ぶと、テオドールはアレックスと背が同じくらいだ。肩が広くて、堂々とした態度は確かに、〝アーブルの誇り〟、パリの社交界でも評判になりそうである。

「アルベールは、緑《ヴェール》公園と、さっきの噴水公園の両方にあのふたりがいた、と気づいている?」

「まさか」

テオドールはあっさりと答えた。

「だったらいい。話はともかく、礼はしてやってほしいな。あのふたりはそんなに豊かなわけじゃないようなので」

「短い間に、ずいぶん仲良くなったようだな。アレックス？」

「仲良くもなる。この街のごろつきに、まとめて財布《さいふ》をすられた仲だからな」

「財布？　ああ、あのときだな」

テオドールはおかしそうに笑った。

「あれは――おまえだな」

アレックスは尋ねた。

レッドではないが、確信していた。あの男たちは、アルベールやエレーナとは関係ない。テオドールが勝手につけた見張りだ。この街に慣れすぎているし、王族や貴族が頼むにしては柄《がら》が悪すぎる。

「恋人たちの逢瀬《おうせ》の段取りをしたからには、責任があるからね。財布をすったのは、ヴィンセント――彼らの独断ですよ。そっちの能力にも長《た》けた男でね。ロマンスを邪魔する人間たちがどういう人間なのか、興味をもったらしい」

嘘つけ、おまえがそういうふうに躾《しつ》けたんだろうが――という言葉をアレックスはこらえる。

「おまえは彼らから報告を受けていた、と。俺のことも知っていたんだな、テオドール。――のわりには、フィリップ殿下がアーブルへ来たタイミングがよすぎるようだが」

「ぼくはロマンティストだと言っただろう？　アルベールとエレーナが愛し合っていたと思っていたからこそ応援していたんだが、どうも違うようなんでね、どういうことかと問い合わせて、フィリップ殿下をご招待した」

「息子の求婚がうまくいきそうにないから、親に乗り換えたか」

アレックスは言った。

あまりにもぬけぬけとしているので呆《あき》れてしまって、反発すらできない。これはこれで、ひとつの才能かもしれない。

「立ちまわりの軽さは政治家の美点だ。エレーナが外国と結びついたら――たとえば、ヴェルヘルあたりの王子と結婚されたらフランスだって困るが、そうじゃないなら、相手がアルベールだろうが、その父親だろうがどっちでもいいんだ。――アルベールは、父が若い后《きさき》をもらって、弟でも生まれたら困ると戦々恐々《せんせんきょうきょう》としているがね」

「なるほどね」

結局、ロマンスというのは、エレーナとフィリップだけだったのだ。

エレーナは――そしてレッドは、それをわかっていたのだろうか。

レッドはともかく、リリーベルは実はロマンティストのような気がしなくもない。

テオドールは、レッドがヴェルヘル王国の有力な家の子ども（まさかヨアキム王子本人ということはないと思うが）だと知ったら、どういう反応をするだろうか——。

アレックスはゆっくりと赤いじゅうたんをふみしめて、廊下を歩く。

レッドとリリーベルがいる扉が近づいてくる。

ふたりはこれから、どうするのか。——そういうことも、レッドの赤い瞳には映って見えるのだろうか。

「あのふたりのことだが。これからする話次第だが、この家においてやってもいい」

考えていたことを突然言われた。

アレックスは驚き、テオドールを見た。

「リリーベルとレッドを——この家に？」

「そう。なかなか面白い人間のようだからね。子どものほうはともかく、娘は磨《みが》けば美人になりそうだ。まるで面識がないのにエレーナと仲良くなっていたことといい、人あたりも悪くない。マリーも喜ぶだろう。マリーはあれで、けっこうな寂しがり屋だからね」

テオドールがリリーベルへの興味を失っていない、と思うと、妙な気持ちになった。

テオドールは女性好きなのだろうか。

……もてそうな感じではあるが。

リリーベルもこういう、優美な金持ちのフランス男を好むのだろうか。

アレックスが答えないでいると、テオドールはやや意外そうに聞き返した。

「いやなのかね、きみは」

「――いや。本人たちが望めば、俺がどうこう言うような立場じゃない」

アレックスは言ったが、内心は複雑である。

……別に、レッドやリリーベルがテオドールと仲良くなったからといって、自分が気にかけることではない。テオドールを味方につけ、フォンテーヌ邸《てい》に住むことができたら、リリーベルたちにとっては歓迎すべきことかもしれないのに。

アレックスの気持ちを知ってか知らずにか、テオドールは屈託《くったく》なく口を開いた。

「カジノ・アンブラセに尋ねてみたが、きみは優秀な男らしいじゃないか。あんな場所に偶然居合わせたことといい、鼻がきくようだ。顔もいい。きみにも、もっといい仕事を紹介してあげてもいいよ」

「ありがとう。必要になったらこちらから連絡させてもらう」

アレックスは答えた。

テオドールに限らず、誰かの駒《こま》になるのは好きではない。

テオドールは、肩をすくめた。笑顔が消えると、急に酷薄《こくはく》そうになる。

「つまらないね、アレックス。能力があるくせに欲がない人間ほどつまらんものはない。逆のほうがまだ面白いくらいだ。たったいまきみは、大事なものを逃がしたのかもしれないんだよ」

テオドールはふきげんになったらしかった。言いすてて、扉を叩く。

「マドモワゼル・シンクレア」

返事はなかった。

テオドールはかまわず、扉を開ける。

長椅子《ながいす》の前のテーブルの上には、飲みかけのカップがおいてあった。若いメイドが、かちゃかちゃとテーブルの上を片づけ、テオドールに向かって顔をあげる。

「リリーベルは？」

テオドールが尋ねた。

「ついさっき、大急ぎで帰られました。馬車を用意してもらうには及ばないと言われまして。——ごあいさつはありませんでしたか？」

メイド目をぱちくりさせて、答えた。

「まるで、ぼくが来るのを知って、逃げたみたいだな」

なんとなくがらんとした室内を眺めながら、テオドールはいまいましげにつぶやいた。

リリーベルとレッドは、辻馬車《つじばしゃ》に揺られていた。

もう夕方になっていた。暮れかけた太陽が西の海に光って、きれいだ。

今度の御者《ぎょしゃ》も、優しかった。この街の人間はいい人間が多い。

「エレーナさまは、あんたの初恋の人だったのね」

レッドと肩をよせあうようにして窓から外を眺めながら、リリーベルは尋ねた。

「うん」

レッドはリリーベルの顔を見ずに、答えた。

「ヴェルヘルで会ったの？」

「正式じゃ、ないけどね」

「レッドは、そういうのが苦手だもんね。どんな人だか気になって、こっそり会いにいったんでしょう」

リリーベルが言うと、レッドは少し黙り、ぽつりぽつりと、口に出した。

「一年前の夏に、訪ねてきた。ぼくの婚約者になるかもしれないっていうから、ひとりになるところを見はからって、会いにいったんだ。でも、エレーナは、ぼくと婚約するつもりなんて、最初からなかった。ただ、父親に会いにきただけで」

レッドは少しだけ、さびしげだった。

公園にいるときから、ずっとそうなのである。

リリーベルはほほえんで、レッドの肩を抱き寄せる。

「エレーナさまは、いい人だわ。わたしがそのときあんたのそばにいたら、あんたと結婚するのに賛成したと思う。歳《とし》の違いはあるけど——あんたにも、やっと家族ができるんだと思って」

「うん」

「どこが好きだったの？」

「別に……ぼくと、似ているような気がしたから。迷子《まいご》みたいで」

「だから、エレーナさまの恋を、応援してあげようって思ったのね？」

「うん」

レッドはいつものとおり無口だったが、言葉は少しだけ、やわらかくなっていた。

優しいのはレッドのほうだわ、とリリーベルは思う。レッドを深く知ろうとしない人には、けしてわからないけれど。

望めば、好きな人と結婚もできたのに、レッドはそうしなかった。たった一回会っただけのエレーナのしあわせのために、ヴェルヘルを出て、アーブルの地にやってきた。

いったい、いつそれをレッドが決めたのかは、教えてくれない。

「まだ、エレーナさまのことを、好きなの？　レッド」

「いまは——違うよ。エレーナは行っちゃった。それに、リリーがいるから。リリーは、エレーナがいなくなるのと引き換えみたいに、来たんだよ」

「じゃあ、わたしが家庭教師になって、よかったわね」

レッドは答えないで、ぷいと横を向いた。

無愛想だが、ふきげんではない。リリーベルにはわかっている。

「大丈夫よ、レッド。あんただっていつか、大人になるわ。そうしたら、本気で愛して、愛し返してくれる人が現れる。あんたがその人を守れるようになるまで、わたしが、あんたを守る。しあわせな未来を予言するそのときまで、一緒にいるから。それまでレッドはわたしを頼ればいいのよ」

レッドはしばらく、答えなかった。

ゆっくりと、外を見つめている。馬車の窓に、赤い瞳だけが反射して光っていた。

「……うん……」

レッドは小さな声で、答えた。

ゆっくりと、アーブルの夜が暮れていく。

リリーベルとレッドは肩を寄せ、変わりゆく街の流れに体をまかせた。

エピローグ

「――狭くて悪いな。リリーベル、レッド」

パブ『運命の輪』の扉をアレックスが開けると、リリーベルの前にいたレッドは露骨に眉《まゆ》の間をしかめ、リリーベルを見上げた。

「本当に狭いよ、リリーベル」

「贅沢《ぜいたく》言わないの、レッド。アレックス、許してね。レッドは口が悪いだけで、悪気はないのよ」

「別に気にしないさ。上の階は空いているから、好きに使ってくれ」

レッドはどことなく警戒したような目で埃《ほこり》っぽい階段に触れたりしていたが、少し観察して合格したらしく、足音をさせずに昇って行った。

「――猫みたいな子だな」

アレックスはリリーベルの旅行かばんを置きながら階段を見上げ、呆《あき》れたようにつぶやいた。

「そうね。でも、アレックスにはなついてるほうだと思うわよ」

「あれでか？」

「ここに来ることを了承《りょうしょう》したってだけで驚きだわ。レッドは男の人が苦手だから。でも助かったわ。ジョルダンホテルには長く泊まっていられないし。この街は気にいったから、どこかで下宿を借りようかと思ってたの」

「謝礼はもらったんだろう？」

「ええ、フィリップさまとエレーナさまから、非公式に。ヨアキムを助けてくれたお礼だって。アレックスにあげなきゃいけないわね」

「俺はいい。口止め料を兼ねているんだろう。誰にも言わないで大切にしとけ」

アレックスの言葉に、リリーベルはむやみにほほえみたくなる。

なんだかんだいって、アレックスはいい男だと思うのである。本気で犬を追いかけていた姿もなかなか素敵だったし、彼と知り合えたのだけでも、この街へ来たかいがあった。

「未来を読む力、か……」

帽子をとっていると、アレックスがぼそりとつぶやく声が聞こえた。

リリーベルはなにげなく振りかえり、笑顔を消す。

アレックスがいるのは——そこにいてじっと見つめているのは、店のすみにある、ずっしりとしたルーレットのホイールだったのである。

かたわらにはルーレットテーブルがある。先日は気づかなかったが、となりに立つアレックスは、白いシャツ姿のくせに、立ち姿が自然で、優雅ですらあった。

「――あなた――まさか、カジノと何か、関係がある人？」

「ときどき働いている」

リリーベルは固い声で尋ね、アレックスは自然に答えた。

リリーベルは絶句して、思わずあとずさった。

「――だからこそ気になるんだが、リリーベル。レッドは、賭《か》け事はやらないだろうな？　競馬やレガッタ、カード、ルーレット――」

「――ディーラーなの？　ここで賭けをすることもあるの？」

「いや。これは練習台だ。カジノには食い詰めたときしか行かないから」

「レッドをカジノに連れていったら、承知しないわよ！」

リリーベルは血相を変えて、叫んだ。

「レッドに、次に出る目を当てさせようとなんてしないで。約束して。そんなことをしたら、わたしはすぐにこの街から出ていくから」

「あたりまえだ。予言者に賭けをさせるディーラーがいるか。商売あがったりだ」

アレックスはリリーベルの剣幕に押されたのか、むっとしたように答えた。

「だったらよかった。その言葉を覚えておいて」

　リリーベルはアレックスのオリーブ色の瞳を見つめて、しっかりと釘《くぎ》をさした。

「まだ何か、隠していることがあるんだな？」

「それはお互いさまだわ。お財布にあった写真、あなたの恋人？」

　アレックスははっとしたようにリリーベルを見た。

「追及しないわ。あなたもレッドを問い詰めたりしないでね。いさせてもらうからには、仲良くしたいから」

「——そのとおりだ。お互いさまだな」

　アレックスは答えた。協定を結んだような雰囲気になり、リリーベルはひとまず安心した。

　リリーベルはあらためてアレックスと向かい合い、右手を差し出した。

「じゃあ、イギリス式に。よろしくね。わたしは、リリーベル・シンクレア。本名よ。リリーでいいわ」

「アレクサンダー・アヴェガヴェニィ。だ。もちろん本名。通称アレックス」

　アレックスはリリーベルの手を見つめ、右手を握った。

　リリーベルもアレックスも、手袋をしていなかった。思いがけず温かい手だ。

　リリーベルはにこりと笑った。

　そのままアレックスのシャツの袖《そで》をつかみ、背伸びをして、頬《ほお》にキスをした。

「い——いまのに、何か意味が？」

アレックスから離れて、旅行かばんを持っている間に、アレックスが尋ねた。

リリーベルは振り返って言った。

「思いついたからキスしただけよ。わたしは思いつきで動くの。レッドには予測できないって怒られるんだけど、こういうのは嫌い？」

「好きも嫌いもない」

アレックスは頰に手をあてながら、ぶっきらぼうにつぶやいた。

ひょっとして、動揺《どうよう》しているのかもしれない。見た目よりも初心《うぶ》らしい。

アレックスはちょっと面白い、とリリーベルは思った。クールなのか、熱いのか。素直なのか、ひねくれているのかわからない。

「リリーベル、部屋がふたつあるよ、広いのと、狭いのと。ぼくが広いほうでいいね」

階上からレッドが声をかけてきた。どうやら、気にいったようだ。

「いいわ、レッド」

リリーベルは重い旅行かばんを持ち上げて二階にあがる。

どこか、なつかしい感じがした。

そのときリリーベルは、この町に来たことこそが、予言されていたのではないか、と思ったのである。

あとがき

こんにちは、青木《あおき》です。

ミスティーレッド。一巻です。

思いついたので、短いのをさらっと書こうと思ったら、意外とかかってしまいました。

これを書いている間、サッカーのワールドカップがありまして、この国の男はこうか！　とヨーロッパのチームをむやみに観察したりしてました。あとがきを書いている今は残暑です。


時代は一九世紀末、後年になって、ベル・エポックと呼ばれた時代です。イギリスでは、いわゆるヴィクトリア朝の後期です。混乱していた中で、落ちついていた十数年間です。

フランスは歴史がけっこう細切《こまぎ》れで、調べづらかったです。そのうちうっすら見えてくるだろうと思っていたのですが、わたしの中ではフランス革命が劇的すぎて、そのあとのナポレオンから先の時代とうまくつながりません。

資料を読んでいても、こうだからこうなった、というのを頭で納得できなくて、どうしてこうなるの？っていちいちひっかかる感じです。

舞台が片田舎《かたいなか》とはいえ、ひとつの国を書こうと思ったら、一筋縄《ひとすじなわ》じゃいかないようです。

この時代、欧州《おうしゅう》の貴族、王族はみんな、どこかでつながっているようです。たとえば、ベルギー王国のレオポルド二世は父親がヴィクトリア女王の従兄弟《いとこ》、スペイン王国のアルフォンソ十三世の母は、オーストリア大公の娘、といったふうに。封建制度の残る時代、結婚により国の結びつきを強くしようとすると、そうなってしまうのですね。

そんな状態の中で、貴族制度をひっくり返してしまったフランスは熱い国です。


ぼんやりと物語、というか、舞台の港町を考え始めたのは、数年前、別冊Ｃｏｂａｌｔで、『ラ・ヴァーグ～波～』という中編を書いたときです。

これは一九世紀末、イギリスに近いフランスの港町を舞台にして、半端《はんぱ》に揺られるいいかげんな男が主人公でした。

伝統と革新とか、歴史か未来か、金かロマンか、右と左の間にたって、揺られているという状況は面白いなあと思います。どっちも絶対的な自信がなくて、相手を半分軽蔑《けいべつ》、半分尊敬し、迷いながら暮らしている……みたいな。

ずっと頑固なイギリス人を書いているうちに、享楽《きょうらく》的な南のほうの人間を書いてみたくなった、というのもあるかもしれません。

新しい町を創造するのはけっこう楽しくて、地図を広げて、ここに公園があって、カジノがあって、などと想像をめぐらせていました。

まず街を作り、レッドとリリーベルを置いてみて、書きながら話を転がした、といった感じです。


そのほかの近況といえば……舞踏会に行きました。

雑誌Ｃｏｂａｌｔでの企画です。作家になんでも体験させてくれる、という。

やりたいことはいろいろあったのですが（ロッククライミングとか。実弾撃ってみたいとか）、いろんな流れで舞踏会になり、ぶっつけ本番でドレス着て踊りました。

初対面の紳士のかたに、くるくるとまわしていただきました。いやあ恥ずかしい。

終わったあと、みんなで記念撮影、ってときになって、真ん中に椅子《いす》が空いていて、「あんたの席でしょう」と姉（心細いのでついてきてもらいましたが、私より堂々としてた）に言われ、「こういうとき真ん中に座れる性格なら、小説なんて書いてないよ！」ともみあってたら、ほかの参加者の方が作家さんだったんですかーと声をかけてきてくれて、仲良くなったりしました。

それまで「誰だコイツ？」って思ってたんだろうなあ……すみません。

とりあえず、はじめてのダンスにおどおどしてるけど、実はちょっとうれしい令嬢《れいじょう》の気持ちがわかりました。このときは人数もそれほど多くなく、略式だったのですが、音楽とドレスと素敵な男性がいれば、観ているだけでも楽しいものです。

もうひとつ。編集担当が代わりました。ひとつ前の本からです。

デビューから三十冊、迷いながら試行錯誤《しこうさくご》を繰り返してきました。長い目でみて育ててくださったK様、ありがとうございました。

新しい担当のK様、よろしくお願いいたします。

担当さんが変わるのははじめてなので、新人に戻ったかのようです。心をあらたにしてがんばりたいと思います。

イラストは、鐘乃《かねの》悠可《ゆか》さんです。淡い表情と流れるような線が大好きなのですが、挿絵を描かれるのは初だそうです。決まったときはうれしくて、すばらしいイラストを生かすため心して書かねば、と心を新たにしました。

それから、いま発売になっている雑誌Ｃｏｂａｌｔ十一月号に、短編『まわり道の回想』が掲載されていますので、興味あるかたはどうぞ。レッドとリリーベルがヴェルヘルを出るまでの話です。

次も書きます。これから、がんばってレッドをしあわせにしたいと思います。

その前に、恋のドレス二十一巻が出ます。来月です。今書いてます。

次はこれまでにないラブラブ巻なので、深く考えないで読みたい方はどうぞ、と宣伝を。前巻から「これまでのあらすじ」がつきましたので、二十巻分とびこえても読めます、きっと。

ミスティーレッド、よろしくお願いいたします。

ではでは。

二〇一〇年　八月

青木　祐子

※この作品はフィクションです。実在の人物・団体・事件などにはいっさい関係ありません。

この作品のご感想をお寄せください。

青木祐子先生へのお手紙のあて先

〒101―8050　東京都千代田区一ツ橋2―5―10
集英社コバルト編集部　気付
青木祐子先生

あおき・ゆうこ

獅子座、A型。長野県出身。「ぼくのズーマー」で2002年度ノベル大賞受賞。コバルト文庫に「ソード・ソウル」シリーズ、「左ききのマイ・ボーイ」、「タム・グリン」シリーズ、「ヴィクトリアン・ローズ・テーラー」シリーズ、「霧の街のミルカ」シリーズがある。好きな食べ物はエビ天丼。好きな動物はパンダとカメと恐竜。趣味は散歩。

ミスティーレッド
はざまの街と恋する予言者

COBALT-SERIES

2010年10月10日　第1刷発行

★定価はカバーに表示してあります

著者　青木祐子
発行者　太田富雄
発行所　株式会社　集英社
〒101－8050
東京都千代田区一ツ橋2－5－10
(3230) 6268（編集部）
電話　東京 (3230) 6393（販売部）
(3230) 6080（読者係）

印刷所　大日本印刷株式会社

ISBN978-4-08-601456-4　C0193

2010年度
ロマン大賞
受賞作!!